KB131987

말하면 다 현실이 되는
세탁소옆집

말하면 다 현실이 되는

세탁소옆집

조윤민·김경민 지음

arte

차례

Part 2. 세탁소옆집 프로젝트
: 말하면 다 해!

Part 3.   한번 빠지면 헤어 나올 수 없는
마약 같은 공간

Part 4. 웰컴 투 세옆 월드, 삽질은 또 다른 삽질로 이어진다

Part 5. 지능적 알콜 섭취를 위한 맥주 투어

Part 6.   사이드 허슬, 해봐야 안다

환영해옆, 세옆 월드!

주인장 1 조윤민, 세탁소옆집 최고 삽질 책임자

**"삽질은 아이디어의 또 다른 이름,
퇴근 후 창업도 삽질부터 시작해요!"**

세탁소옆집 C삽O(최고 삽질 책임자), 인생에서 이런저런 다양한 삽질과 맥락 없는 커리어를 만들어가면서 즐겁게 살고 있는 인간이다. 데드라인이 내일로 다가오면 그제야 일의 효율성이 강화되고 집중력이 발휘되는 벼락치기 유형의 삽질 장인이며, 삽질을 너무 좋아해 가끔 삽질 변태인가 싶다. 술 먹고 노는 게 좋아서 주인장 2와 같이 쿵짝뚝딱 세탁소옆집을 만들었더니 정말 이렇게까지 열심히 놀 수 있었는가를 극한 체험할 정도로 지난 이 년간 잘 놀고 마시고 있다.

이것저것 삽질을 담당하고 있으며 그 결과물로는 파워포인트를 이용해 디자인한 스티커, 티셔츠, 후디 등과 이런저런 '런드리 나잇' 포스터(이건 둘이 나눠서 만든다.)가 있다. 맥주 주문도 하고 와인 주문도 하고 맥주 상자 옮기기 테트리스 등 이것저것 닥치는 삽질을 하면서 회사 일로 쌓인 스트레스도 풀고 행복한 삶을 살고 있다. 인생에서 삽질이라는 판도라의 상자를 잘못 열어서 끊임없이 삽질에 자발적으로 노동력을 착취당하면서 즐거워하는 중이다.

 주인장 2 김경민, 세탁소옆집 최고 잡일 책임자

**"회사를 왜 그만둬요? 내 소중한 본업인데!
사이드 허슬로 인생을 두 배로 즐겨요!"**

세탁소옆집 C잡O(최고 잡일 책임자), 이 년 동안 잡일을 처리하는 속도가 걷잡을 수 없이 상승하며 심지어 멀티태스킹이 되는 경지를 발견한 책임자. 잡일만으로 세탁소옆집은 완성될 수 없었다. 최고 삽질 책임자와의 컬래버레이션 잡일과 삽질의 경지를 끌어올릴 수 있도록 윤활유 역할을 한 것은 다양한 알콜들! 업무 능력 향상도 모자라 지금까지 널리 헛소리를 지적으로 풍기는 능력을 장착할 수 있게 해준 세상에 존재하는 모든 알콜에게 감사의 인사를 전한다. 역시 경험한 사람만 안다는 'AI(알코홀릭 인텔리전스)'!

알콜은 마시는 주체가 중요하다. 세탁소옆집의 존재 이유를 만들어준 손님들이 바로 그 주체다. 세탁소옆집은 알콜을 매개로 한 특색 있는 헛소리 코드로 소통하며 한 번 방문하면 자신도 모르게 매일 방문하는 마약 같은 공간으로 진화해왔다. 세탁소옆집으로 뭉친 소속감으로 크게 웃고 마시고 헛소리를 하면서 '의미 없는 말'을 잔뜩 하고 있을지는 몰라도 같은 생각과 고민을 하는 사람들을 만나며 생활에 활력과 위안을 얻는다. 술잔을 주고받으며 자연스럽게 나눈 헛소리가 실행을 통해 현실이 되는 경험, 세탁소옆집을 하지 않았다면 과연 가능했을까. 이 책을 읽으며 많은 분들이 그전엔 전혀 몰랐을 AI의 가능성과 인생에서 '사이드 허슬'이 주는 의미를 간접적으로나마 체험하길 바란다.

말하면 다 현실이 되는 세옆 월드. 환영해옆!

Say Yup World

Part 1.

맥주 구멍가게,
찬란한 삽질의 시작

의미 없는 것을 잔뜩 하는 것이
인생이란다.

— <마루코는 아홉 살> 중에서,
할아버지의 말

주인장 1과 2,
일로 만난 사이

　　주인장 둘은 2015년 처음 만났다. 돌아보면 벌써 오
년이 다 되어간다. 싱가포르에서 열심히 일하다가 한국의 창
업 생태계를 돕는 '구글 스타트업 캠퍼스'의 새로운 팀에 합
류하면서 한국으로 돌아온 주인장 1. 초기 단계의 스타트업
에 투자하는 벤처캐피털인 '500스타트업' 한국 펀드에 입사
한 주인장 2. 주인장 1은 구글 스타트업 캠퍼스 신설 공사
현장을 방문하고, 앞으로 캠퍼스의 파트너가 될 500스타트
업을 만났다. 아마도 그때 주인장 1과 주인장 2가 처음 만났
던 것 같다. 기억이 가물가물. 사실 우리가 어떻게 첫인사를
나누었는지조차 떠오르지 않는다.

　　회사 일로 처음 알게 된 둘은 코드가 잘 맞는 편이었

고, 그때부터 각자 회사에서 스타트업 창업을 돕는 일을 했다. 둘이 다니는 회사 모두 외국계 기업이고, 외국에서 온 회사 동료들이 한국에서 진행하는 프로그램이 많고, 각 팀에서 프로그램과 커뮤니티 운영을 담당하고, 혼자 그 일을 다 하고 있다는(일당백!) 공통점도 빼놓을 수 없었다.

같은 업계에 있다 보니 스타트업 분야 종사자들과 서로 친해지면서 자주 만나고 정보도 공유하는 이벤트들이 굉장히 많았다. 거기서 만난 사람들과 친분을 나누면서 주인장 1과 2는 자주 함께 좋은 사람들과 어울릴 수 있는 자리를 가졌다. 각자 회사의 외국인 친구들이 한국의 나이트 라이프를 즐기고자 할 때 서로 품앗이처럼 도와주면서 어울리기도 했고, 인맥도 자연스럽게 공유하게 되었다. 외국인들이 와서 한국에 조금 오래 머물다 보면 한국적인 음식도 좋아하지만 한국의 트렌디하고 힙한 바나 음식점에 가는 것을 좋아하게 된다. 새로운 곳을 찾아다니길 좋아했던 우리는 자주 같이 서로의 회사 친구들과 만나서 수다도 떨고 여기저기 바를 다니며 술도 많이 마셨다.

2017년 주인장 1은 한남동으로 이사를 했다. 그녀의 한남동 집은 어느 틈에 친한 사람들이 모여서 노는 아지트로 변해갔다. '한남 1211', '한남 구어메 1211' 등 다양한 이름으로 불렸던 그녀의 집은 지금 되돌아보면 세탁소옆집의 전신 같은 곳이다. 친구들을 불러서 포틀럭 파티를 거의 매주말 열었다. 아니, 주말이 아니라 매일이었을지도. 그만큼 자주 만났다. 우리 둘만이 아니라, 다양한 사람들이 친구의 친구를 데려오기도 하면서 집은 늘 북적거렸다. 새로운 음식들도 같이 나누고, 둘 이상이 모이면 결코 게임이 빠지지 않았다. 그 당시 가장 인기였던 닌텐도 스위치를 프로젝터로 설치해두고 밤새 게임을 즐기는가 하면, 마피아 게임도 단골 메뉴였다.

8월의 매우 더웠던 어느 여름밤, 주인장 1의 작은 집에 열 명 넘는 사람이 모였다. 그런데 하필 이날 에어컨이 고장났다. 찜통더위에 모두가 땀을 뻘뻘 흘리면서도, 선풍기를 켜고 차가운 맥주를 마시며 간신히 견디면서 놀고 있었다. 그런데 가장 늦게 도착한 친구가 방 안 온도에 경악하더니, 냉장고에서 얼음 한 그릇을 가져다 선풍기 앞에 놓았다. 순식간에 선풍기 바람에 냉기가 실렸다. 베트남에서 온 벤처캐피털리스트였던 그녀의 말에 따르면, 고향에서 사용하는 방식이라고 했다. 다양한 사람이 모여서 뜻밖의 일들을 하다 엉뚱하게 새로운 아이디어를 마주치는 일은 적잖이 일어났다. 우연한 기회에 지인이 운영하는 맥주 슈퍼에서 일일 사장 놀이를 했을 때도 그랬다. 많은 친구들을 불러 판을 크게 벌였고, 헛소리인 양 이런저런 아이디어를 던지는 와중에 우리 머릿속에 이런 생각이 싹텄다.

'집에서 마시는 것보다 돈도 벌고 좋은데? 그래. 이왕 마시는 술, 생산적으로 마셔보면 어떨까?'

거창하게 말하자면, 그 일이 우리가 주류 산업의 소비자에서 공급자로 바뀌는 커다란 전환점이었는지도 모른다.

세옆 결의 - 그래, 같이 해보자!

주인장 l 조윤민 대표 이야기

살면서 내리는 결정 가운데 이성에 바탕을 둔 것이 얼마나 될까. 단언컨대 나는 결코 이성적이지 않다. 직관적이고 즉흥적이다. 어떤 결정을 내려야 하는 상황에 닥쳤을 때처음에는 이성적인 판단을 하고 싶어서 나름의 분석을 시작한다. 장점과 단점, 이것을 했을 때 얻는 것과 잃는 것. 하지만 돌이켜 생각해보면 결국 최종 의사 결정은 나의 직관에의존한 경우가 대다수다. 내가 인생에서 내렸던 중요한 결정은 대부분 충동적이었고 그 결정의 결정적 이유 역시 때로는 부끄러울 정도로 매우 사소했다.

2009년 잘 다니던 회사를 그만두기로 한 일이 그랬다. 난 그곳에서 직장 생활을 시작할 때 딱 삼 년만 하자고 작정했기에, 그 시기가 왔을 때 아무 미련 없이 그만두었다. MBA 이후에 싱가포르에서의 직장 생활을 결정한 것 역시 그랬다. 원래 처음에 유럽의 MBA인 인시아드를 선택했던 것은 유럽에서 일하고 싶어서였지만, MBA 과정 중 싱가포르 캠퍼스에서 시간을 보내면서 급성장하는 동남아시아의 잠재력을 몸소 느꼈다. 그때 신흥 시장과 산업 분야에서 일하고 싶다는 생각이 강하게 들었다. MBA 졸업 후 수많은 회사에 지원했지만 나의 우선순위는 구글 싱가포르였고, 졸업하자마자 취업했던 LVMH를 석 달 만에 그만두고 구글 싱가포르로 옮겼다.

그리고 세탁소옆집을 시작하기로 한 결정. 매우 작지만 20대 중반 나는 작은 사업을 해보았다. 그 과정이 나에게 준 큰 교훈은 '몸이 정말 힘들지만, 내 것을 만들고 내 것을 하니까 즐겁고 뿌듯하다.'였다. 창업이라는 것은 언젠가 내 인생에서 도전해야 하는 숙제 같았다.

직장에서 창업가들을 지원하는 일을 하면서 나는 어떤 갈증을 느꼈고 내가 만들어가는 나만의 것이 필요함을 절감했다. 사실 새롭게 캠퍼스를 론칭하고 그 캠퍼스를 만들어가는 과정 역시 나에게는 창업, 스타트업과 비슷한 경험이었다. 이 년 정도 지나자 내가 직접 새로운 무언가를 해봐야겠다는 생각이 들었다. 이유는? 그냥! 그냥 지금 해야 한다는 느낌이 왔기 때문이다. '그냥'이라는 단어는 종종 우리 인생에서 큰 힘을 발휘한다. 우리는 그냥 누군가를 좋아하고 그냥 무언가에 빠지고 그냥 누군가를 사랑한다.

지인의 보틀숍에서 주인장 2와 일일 사장 놀이를 한 후에는 더욱 강렬한 마음의 소리를 들었다.

'한번 해보자.'

해서 잃을 것이 별로 없었고 그렇다면 지금 해보는 것도 나쁘지 않을 듯했다. 난 '그냥' 하기로 결정했다. 유유상종이라고 내 주변에 술을 좋아하고, 가만히 있지 못하는 사람들이 많았다. 그래서 맥주 슈퍼를 하고 싶어 하는 사람들, 아니 정정하자면 회사를 다니면서 무언가를 따로 하고 싶어 하는 사람들이 꽤나 많았다. 특히 주인장 2는 파트너사의 동료로서 만났지만, 업무 특성과 개그 코드, 취향이 잘 맞았다. 워낙 친하게 지내서 스타트업계에서 우리 둘을 '민민 시스터스'라고 부르는 사람들이 적지 않을 정도였다. 둘이 함께 스타트업계에서 일하는 경험과 쌓이는 노하우를 모아서 유튜브 최초 스타트업 예능 프로젝트인 〈스타트업 빠순이 티비〉를 진행한 적도 있다.

맥주 슈퍼를 하기로 결심했을 때 가장 먼저 떠오른 사람도 주인장 2였다. 나는 개인적으로 친구와 (특히 같이 일해 본 적 없다면) 같이 사업하는 것은 절대 반대한다. 인간적으로 친한 것과 일하는 것은 퍽 달라서 실제로 일을 하며 서로의 기대치가 달라 틀어지기 일쑤이기 때문이다. 주인장 2는 일로 만난 이후에 친해져서 일적인 부분의 궁합에 대한 걱정이 크지 않았다. 오히려 사적으로도 너무 친해져버려서 걱정이었다. 회삿돈으로 하는 일과 실제로 본인의 자본이 투자된 사업은 다르고, 친했던 관계가 괜히 틀어질 수도 있다는 생각이 들었기 때문이다. 그래서 그녀에게 제안하더라도 강요하고 싶지는 않았고, 자발적인 결정이 되기를 기다렸다. 맥주 슈퍼라는 프로젝트 역시 복불복이 될 수 있다고 생각했다.

무엇이 되었든 나는 일단 '무조건 해본다!'라는 결정은 내린 상태였다. 주인장 2의 결정을 기다리면서 괜찮은 장소가 있는지 먼저 부동산을 만나 몇 군데 보았고, 간단한 리서치를 시작했다.

주인장 2가 맥주 사업 파트너로서 최종 결정을 하기 전에 나의 친한 싱가포르 친구들이 한국에 놀러 왔다. 주인장 2도 나를 통해서 그들과 친해진 사이라 다 같이 로드 트립을 했다. 여행 목적지 중 하나였던 여수에 가서 밤바다를 산책하는 길에 그녀에게 어떤 결정을 하든 나는 절대로 마음 상하지 않을 테니 편하게 본인이 선택한 답을 주면 된다고 했다. 그녀 역시 나와 같은 생각으로 고민이 좀 된 듯했는데 다행히도 "같이 해요!"라는 대답을 들려주었다. 그날 그 순간을 '세옆 결의'라고…… 나 혼자 부른다.

이제 와 생각해보면, 그리고 아주아주 솔직하게 말하면, 세탁소옆집은 주인장 2와 하지 않았다면 지금 같은 공간이 절대 되지 않았을 것이고 지금 같은 성과를 내지 못했을 것이다. 그리고 나 혼자 했다면 더더욱 지금 같은 세옆은 없었을 것이다. 휴우우……. 그때 수락해주어서 얼마나 다행인지. 인생은 정말 알 수가 없다!

일일 사장 놀이 해볼래요?

주인장 2 김경민 대표 이야기

2015년에는 스타트업 붐이 일었다. 붐이라고 하는 이유는 자본과 스타트업을 지원하는 기관이 많이 생겨난 시기였기 때문이다. 나는 광고 회사에 다니면서 다음 커리어로 스타트업 혹은 벤처캐피탈에서 일해보고 싶다는 생각이 컸다. 그러던 중 실리콘밸리의 벤처캐피탈인 500스타트업이 한국 펀드를 론칭한다는 것을 알게 되었고, 론칭 멤버로서 500스타트업의 첫 번째 직원으로 합류했다.

비슷한 시기에 구글에서도 창업가들을 지원하는 공간인 구글 스타트업 캠퍼스의 한국 론칭을 준비하며 동시에 한국 내의 파트너사를 찾고 있었다. 구글 스타트업 캠퍼스 론칭을 준비하던 구글 본사 팀과 500스타트업 본사 팀 둘 다

실리콘밸리에 위치하여 서로 친분이 있었다. 500스타트업의 한국 펀드가 생기면서 구글 스타트업 캠퍼스 한국과 파트너십으로 연결되었고, 구글 스타트업 캠퍼스의 파트너사로서 500스타트업은 서울 캠퍼스 내의 공간을 사무실로 사용하기로 했다.

기본적으로 스타트업 생태계에는 '매사에 적극적이고 열린 마음으로 일단 저질러보자.', '도전해보자.' 식의 마인드를 가진 사람들이 많았기 때문에 스타트업 생태계에서 만나는 대부분의 사람들은 새로운 아이디어를 만드는 것을 즐기고, 헛소리를 즐겨 하는 사람이 많아 나와는 성향이 맞는 편이다.

특히나 주인장 1은 한 공간에 있는 파트너사에서 일해 만날 일이 많았고, 내부적으로 정보 교환도 하고 서로서로 도와서 잘되자는 분위기(대기업과는 정말 다르다.)가 형성되어 있었기 때문에 어울릴 기회가 정말 많았다. 더구나 음식 취향도 잘 맞고 (둘 다 국물과 신맛을 좋아함.) 술도 좋아해서 많이 어울려 다녔고, 회사가 끝나고 심심할 때면 자주 같이 밥도 먹고 업계의 다양한 사람들과 어울리면서 비슷한 면을 많이 발견했다.

그러던 2015년 10월 즈음 500스타트업과 구글 스타트업 캠퍼스가 '커넥트'라는 스타트업 콘퍼런스를 같이 계획했다. 콘퍼런스는 삼 일 동안의 행사였다. 500스타트업의 글로벌 파트너를 포함하여 최소 열 명의 글로벌 팀원들이 한국을 방문했고, 구글에서는 구글 캠퍼스 마드리드의 총괄뿐 아니라, 현재 '알파벳'의 회장인 에릭 슈미트도 한국을 방문했다.

나와 주인장 1이 행사를 같이 기획했는데, 준비하는 과정에서 단순히 취향뿐만 아니라 일하는 방식과 추구하는 방향도 비슷하다는 걸 깨달았다. 간혹 같이 일하는 사람 때문에 빡치는 경우가 생기는데, 이 콘퍼런스를 준비하면서 우리 둘의 빡침 포인트가 무척이나 같다는 걸 발견한 것이다. 덕분에 둘 사이가 더더욱 단단해졌고, 죽음의 콘퍼런스가 끝난 이후 우리는 일적으로 교류할 뿐 아니라 사적으로도 더 자주 어울리면서 친해졌다.

여행도 많이 다녔다. 여행 스타일도 비슷해서 유명 관광지보다는 술과 음식 위주로 장소를 선정했고, 사전에 비행기와 숙박 정도만 확정한 뒤 출발 전날 폭풍 검색을 하거나 친구들에게 추천받은 정보를 토대로 움직이는 식이었다.

심지어 공항에서 호텔까지 가는 길에 계획을 세우기도 했다. 그래도 늘 걱정 없이 잘 헤쳐나갔고 싸우는 일 없이 유쾌하게 여행을 마무리했다.

발리 여행을 갔을 때, 나는 주인장 1에게 태닝 후에는 수분 공급이 필요하다며 코코넛오일을 꼭 발라야 한다고 큰소리쳤다. 내가 미리 챙겨 온 코코넛오일을 그녀는 열심히 몸에 바르고 다녔고 난 뿌듯했다. 그다음 날 해변가에 누워서 잠을 자다가 갑자기 주인장 1이 빵 터져서 나를 깨웠다. 코코넛오일 라벨을 들여다보다 '코코넛잼'이라고 적혀 있는 걸 발견한 것이다.

하루 종일 코코넛잼을 몸에 바르고 다녔으면서도 그녀는 어쩐지 바르고 난 뒤 파리가 자기를 좋아하는 것 같았다며 웃어넘겼다. 어쩌면 우리는 서로에게 그만큼 신뢰가 있었던 건지도 모르겠다. 어떤 아이디어든 편히 건넬 수 있는 사이라는 것이 얼마나 좋은지. 어느 날 주인장 1이 내게 건넨 제안도 그랬다.

"우리 일일 사장 놀이 해볼래요?"

나는 단번에 수락했다. 이것이 민민 시스터스의 이름으로 일일 사장 놀이가 시작된 계기다. 여기서 중요한 것은 보틀숍에는 정말 내가 먹어보지도 전혀 알지도 못했던 다양한 맥주가 존재했다는 사실이다. 그 맥주들을 본 순간 '다 마셔보고 싶다! 다 알고 싶다! 그리고 잘 팔아보고 싶다!'는 욕구가 솟구쳤다. 주인장 1과 삽질 디자인으로 우리 둘의 얼굴을 따서 만든 민민 시스터스 스티커와 일일 사장 놀이 포스터를 만들어서 준비했고, 지인들을 초대했다. 즐거운 시간을 보내며 생각지 못했던 사람들을 만나 친분을 쌓았고 매출도 좋았다.

주인장 1이 나중에 다시 물었다. 진짜 보틀숍을 같이 해보지 않겠느냐고. 사실 나 외에도 보틀숍을 하고 싶어 하는 사람은 주인장 1 주변에 많았다. 빨리 수락하지 않으면 기회를 놓칠 것 같았지만, 신중하게 결정하고 싶어서 하고 싶은 마음은 크다는 것만 먼저 전달했다. 그렇게 결정을 미루다 주인장 1의 친구들과 함께한 여수 여행에서, 마침내 결단을 내렸다.

"우리 같이 해요!"

주인장 1은 내가 같이 하지 않아도 혼자라도 할 듯했고, 이왕이면 같이 하고 싶었다. 우린 일적으로 먼저 만난 사이이고, 함께 일하면서 의견이 달라도 서로의 입장에서 생

각하고 합의점을 찾아서 일을 잘 진행해왔기 때문에 동업을
한다 해도 사이가 틀어질 것 같지 않았다. 그동안 같이해온
시간들이 내 결정에 힘을 실어준 셈이다.

민민 시스터스의 시작

하나, 〈스타트업 빠순이 티비〉

바야흐로 2016년, 한국에선 유튜브가 꿈틀꿈틀 자라나고 있었다. 떡잎을 알아본 민민 시스터스는, 방대한 스타트업 네트워크를 이용해서 아무도 시도한 적 없는 국내 최초, 아니 세계 최초 스타트업 예능 채널을 만들자는 비전을 세웠다! 그렇게 우리는 〈스타트업 빠순이 티비〉를 시작했고, 잘나가는 스타트업 창업가들을 인터뷰하면서 헛소리와 아무말 대잔치를 통해 유쾌하면서도 어디서도 들을 수 없는 통찰을 전달하는 예능을 꿈꾸었다. 이 채널은 사실 아직 살아 있다. 삽질 장인도 편집 삽질의 강한 노동 강도를 이기지 못해 접고 말았지만, 꼭 한번 보길 바란다. 지금 바로 유튜브에서 '스타트업 빠순이 티비'

로 검색!

자막 장인이 열심히 작업한 덕분에 처음 몇 개의 에피소드에는 공지가 많지만, 나중에는 자막 만들기 힘드니 소리 켜고 보라는 자막이 등장하는 등 나름 솔직 유쾌하게 편집했던 추억이 있다. 편집량이 많아 점점 밀리고 밀리다가 프로젝트는 자연스럽게 어딘가로 사라졌다. (사실 되살리고 싶은 욕망은 가득하다⋯⋯. 언젠가는 살릴 수 있을까?)

둘, 일일 맥줏집 사장 놀이

민민 시스터스가 함께 했던 일일 맥줏집 사장 놀이는 세탁소옆집의 전신이다. 두 주인장의 인맥을 서로 공유하며 성공적으로 마무리했고 맥줏집의 가능성도 보았다. 두 주인장의 얼굴을 라벨지에 인쇄한 후 카스 병에 붙여서 민민 시스터스 한정판 맥주도 판매했다. 한정판 맥주를 시작으로 사장 놀이를 하지 않았다면 우리가 애정해 마지않는 세탁소옆집은 존재하지 않았을 수도 있다. 나비효과는 이런 것인가. 흐흐흣. 헛소리는 여기까지.

우리는 왜 금호동으로 갔을까?

    서울의 떠오르는 핫한 주거지역 중 하나가 된 금호동. 지금의 금호동은 예전의 금호동과는 그 명성이 180도 달라졌다. 말도 안 되게 올라버린 집값만 봐도 단번에 알 수 있다. 예전에는 언덕이 많은 달동네라는 인식도 있었다. 하지만 지금은 강남으로의 접근성이 좋고, 새로 생긴 대형 아파트 단지가 많고, 강남 대비 저렴한 시세로 (물론 저렴한 것은 절대 아니고 점점 더 비싸지고 있다.) 신혼부부, 젊은 세대, 그리고 연예인도 많이 모여 사는 동네로 새롭게 자리잡고 있다.

    싱가포르에서 회사 생활을 하다가 한국으로 다시 돌아오면서 주인장 1은 살 집을 알아보았다. 회사가 강남에 있는 터라 접근성이 좋은 금호동은 주요 후보군이었다. 대규모

신규 아파트 단지들이 모여 있는 금호동의 현재 모습은 그녀가 한국을 떠났던 2011년과는 전혀 달랐다. 하지만 금호동의 아파트들은 신혼부부에 최적화되어서 1인 가구에게는 부담스러운 평수였다. 그녀는 한남동으로 거주지를 선택하고 금호동은 포기했다.

맥주 슈퍼의 거점을 어디로 할지 생각하던 시점, 주인장 1에게 가장 먼저 떠오른 동네가 바로 금호동이었다. 1인 가구를 위한 아파트를 찾기에는 적합하지 않았지만, 비즈니스를 하려고 보니 구매력 있는 젊은 인구가 모여 있는 '기회의 땅'이란 생각이 들었기 때문이다. 그런데 금호동의 문제는 급증하는 인구를 수용할 만한 편의시설이 턱없이 부족하다는 점이었다. 금호동 주민들은 주로 동네에서 소비하고 문화를 즐기기보다 근처의 압구정 혹은 이태원으로 이동하는 편이었다. 하지만 분명 동네 상권에 대한 수요가 늘어나리라 생각했고, 여기에 기회가 있을 것이라 예감했다. 그래, 금호동으로 가자!

맥주 슈퍼를 만들 공간을 찾기 위해, 본격적으로 금호동 부동산을 돌아다니기 시작했다. 금호동은 대체로 언덕이 많아서 걸어 다니기는 정말 버겁다. 도로 환경은 더 심한데,

대부분의 길이 좁은 1차선이라서 잠깐도 정차하지 못하고 그냥 무조건 이동해야 한다. 특히 금남시장 쪽은 금호동의 대표 번화가이지만, 우리를 위한 위치는 아니라는 느낌이 뇌리를 스쳤다. 맥주 '슈퍼'이니 구매를 위해 아주 잠깐이라도 차를 세워야 하는데 금남시장 부근은 너무 좁고 복잡해서 절대 불가능해 보였다.

　　발품 끝에 금호사거리와 논골사거리 중간에 위치한 곳을 발견했다. 금호동 주변에서 유일하게 평지에 넓은 도로가 있는 곳으로, 일단 직선으로 길게 쭉 뻗은 길이 있다는 것이 장점이었다. 금호동에서 4차선 도로를 찾기란 과장을 조금 더해서 하늘의 별 따기다. 그래서 그런지 처음 본 순간 괜찮겠다는 생각이 스쳤다. 가게는 그 당시 '크린토피아' 옆에 위치한 작은 피자 배달 전문점이었다. 여덟 평으로 작았지만 안에 화장실도 있는 알찬 구성과 무엇보다 4차선 도로가 앞에 바로 있어서 우리가 원하는 콘셉트에 맞아 보였다. 가끔 그런 순간이 있지 않은가? 누군가를 처음 만나 대화를 나누었는데, '나랑 코드가 맞을 것 같은데!'라고 느껴질 때처럼. 그래 알차다. 여기가 괜찮겠어.

　　주인장 2가 같이하기로 최종 결정한 이후, 주인장 1은 먼저 찾아두었던 공간들을 보여주었다. 피자집 외에도 두어 군데 더 있었지만, 주인장 2도 피자집 위치를 선호했다. 둘이 함께 장소에 대한 결정을 내린 다음에는 더 이상 망설일 이유가 없었다. 실행력 갑인 두 주인장들. 바로 2017년 9월 중순 계약을 빠르게 진행하고 10월 중순에 오픈하기로 결정했다. 둘이 함께하기로 합의한 후 세탁소옆집을 오픈하기까지 채 두 달도 걸리지 않은 것이다.

진짜 세탁소 '옆'에 있는
세탁소옆집

　같이 맥주 슈퍼를 하기로 했고, 위치도 정했고, 이름을 정해야 했다. 브랜드 네이밍은 브랜드의 정체성을 크게 좌우한다. 그만큼 우리의 정체성을 잘 드러내는 이름을 만들고 싶었다. 이름을 결정하기 위해서 우리는 우리가 추구하는 것이 무엇이고 정체성이 무엇인지 심사숙고하고 이야기를 나눴다. 우리는 우리의 맥주 슈퍼가 맥주를 매개체로 하지만 단순히 맥주를 사는 공간만이 아닌, 콘텐츠가 살아 숨 쉬는 문화 공간이 되기를 원했고 합의점을 도출했다. 첫째, 맥줏집이라고 해서 꼭 '맥주'라는 말이 상호에 들어갈 필요는 없다. 둘째, 힙하고 트렌디하면서 호기심을 불러일으키는 것이 중요하다. 이 두 방향을 바탕으로 다양한 아이디어를 브레인스토밍하기 시작했다.

스타트업들의 네이밍을 살펴보면 공식이 있다. 첫째, 서비스를 바로 이해할 수 있도록 서비스 자체와 관련된 단어를 이용하는 것이다. 전통적이기도 하지만 최근에는 재미와 개성을 더하기 위해 단어를 조합하여 새로운 이름을 만들기도 한다. '넷플릭스Netflix'가 한 예로 인터넷이라는 의미의 '넷net'과 영화를 의미하는 '플릭스flicks'를 조합했다. 둘째, 서비스를 통해 제공되는 가치를 이야기하는 경우이다. 스타트업들의 대표적인 업무용 커뮤니케이션 툴인 '슬랙Slack'은 효율성 증대로 늘어난 여유 시간을 뜻하는 단어 자체를 이름으로 사용했다. 셋째, 서비스와는 전혀 상관없는 단어를 사용하는 경우이다. 우리가 매일 사용하는 카카오톡과 카카오택시의 '카카오'가 대표적인 예이다.

우리의 브레인스토밍도 위의 세 가지 틀에서 진행되었다. 앞서 정한 대로 우리가 제공하는 서비스인 술 혹은 맥주와 관련된 이름들, 술을 통해 생겨나는 가치를 이용한 이름들, 술과는 전혀 무관하게 가게의 개성을 나타내는 이름들. 브레인스토밍을 통해 나온 아이디어는 다양했다. 결국 선택되지는 못했지만.

술과 관련된 이름들

- 취미 술집: 음주를 당당한 취미 생활로 자리잡게 만들어보겠다는 의지!
- 취미 음주(feat. The Drunken Mins)
  부제: '안주 없음' 혹은 '안주는 알아서'

술을 통해 제공되는 가치를 이용한 이름들

- 금호동 반상회: 금호동 힙스터들의 사랑방이 되기를 꿈꾸면서.
- 사이드 허슬: 주인장이 취미 생활로 하는 곳인 동시에 사이드 허슬러를 꿈꾸는 사람들이 같이 모여서 다양한 이야기와 노하우를 공유하는 공간.

술과 전혀 상관없지만 개성 있는 이름들

- 퀀텀 슈퍼: 이스라엘에 출장 간 주인장 1이 고등학교 졸업 이후 처음 다시 들은 '퀀텀$^{quantum, 양자}$'이라는 단어에 꽂혔고 우연히도 주인장 2는 물리학을 좋아하던 학도로 '퀀텀'을 좋아했음.
- 유통기한 2018-10-19: 일 년간 팝업 스토어를 한다는 콘셉트로, 건물 계약 종료일을 이름으로.
- 102호: 건물이 102호라서.

브레인스토밍을 하면서 우리는 술과 상관없이 개성을 표현하는 네이밍이 우리가 추구하는 방향에 더 적합하다고 생각하고 그 방향으로 아이디어를 무한 생성해나갔다. 그리고 창조된 많고 많은 아이디어들을 뒤로한 채 최종 결정된 것이 '세탁소옆집'!

잡담처럼 이야기 나누던 중에 우리는 서로에게 "사람들이 처음 가게를 찾아올 때 뭐라고 검색할까?"라는 질문을 던지게 되었다. 우리 가게 바로 옆에는 금호동에서 꽤나 인지도가 있는 크린토피아가 있다. 금호동에 사는 지인 친구들에게 맥줏집 연다고 위치를 알려주면 "아, 그 크린토피아 옆?"이라고 하는 정도였다. 그렇다면 처음 가게를 찾아 오는 사람들도 '아, 그 크린토피아 세탁소 옆에 있는 그 집'이라고 떠올릴 것으로 생각했다. 아, 그럼 아예 이름 자체를 '세탁소옆집'이라고 할까? 오! 괜찮은 것 같은데? '세탁소옆집'이 가게 이름으로 결정된 순간이었다.

가게에 오는 손님들이 가장 많이 하는 질문이 "왜 가게 이름이 세탁소옆집이에요?"이다. 그리고 슬며시 "가게 이름이 센스 있어요!"라고 이야기해준다. 그럴 때마다 두 주인장은 살며시 뿌듯해하곤 한다. 세탁소옆집을 줄여 '세옆'이라고 먼저 불러준 것도 손님들이었다. 이렇게 줄임말로 불리는 것도 신기하다. 브레인스토밍 중에는 줄임말을 쓰게 될 거라고는 전혀 생각하지 못했기 때문이다. 특히 '세옆' 체는 활용도가 매우 높다. 아, 아주 쉽다. 말끝에 '세옆'만 붙여주면 된다.

안녕하세옆. 맥주 마시세옆. 꿈꾸세옆.

8평의 기적을 꿈꾸다

기름 냄새가 잔뜩 밴 여덟 평짜리 피자 가게. 이 피자 가게를 맥주 슈퍼로 변신시킬 시간이다. 주인장 2의 인맥을 활용하여 인테리어 업체를 찾았다. 10월 말 오픈을 목표로 우리는 빠르게 프로젝트를 시작했다. 주인장 둘 모두 자취하면서 소소하게 자기 집 인테리어는 해봤지만, 가게 인테리어는 처음이었다. 인테리어 디자이너를 만나 우리는 원하는 것을 이야기했다.

"단순히 맥주만 마시는 공간이 아니라, 콘텐츠가 있는 문화 공간을 원해요. 기능적으로는 매장 가운데 맥주를 함께 마실 수 있는 큰 하이 테이블이 하나 있고, 프로젝터,

스크린, 그리고 파티를 위해서 미러볼과 디제이 부스를 둘 수 있었으면 합니다. 맥주 슈퍼이지만 기존의 맥주 슈퍼와는 다른 '힙'한 감성을 추구하기 때문에 스피크이지 바^{speakeasy} ^{bar} 느낌으로 외부 간판에는 이름이 없었으면 좋겠습니다. 인터넷을 보면서 저희가 좋아했던 느낌의 인테리어 사진과 소품들은 (사진을 보여주면서) 이런 것들이 있어요."

디자이너는 인테리어 콘셉트가 결정되고 난 후 우리가 원하는 소품을 구매해서 설치하면 된다는 의견을 주었다. 그리고 '안과 밖'이라는 두 가지 콘셉트를 제안했다. 가게 안을 마치 방과 같이 편안한 느낌으로 꾸미는 콘셉트와 골목길이 가게 안으로 연결되어서 손님들이 가게 '안'으로 들어왔지만 여전히 '밖'에 있는 듯한 느낌을 주는 콘셉트였다. 인테리어 전문가가 아닌 두 주인장은 디자이너의 의견을 들으며 감탄을 남발했고, 최종적으로 색다른 '밖' 콘셉트를 선택했다.

이 결정이 불러온 파장은 꽤 컸다. 이후 미팅이 지속되면서, 길에 있는 요소들을 인테리어에 활용하는 방안을 논의했고, 어느 순간 오래된 주차장 문, 길가의 공사장 느낌을 주기 위한 철근 뼈대 등이 필요한 인테리어 소품으로 선정되었다. 오히려 초기에 우리가 원했던 소품들은 빠져서 추가 비용이 발생할 상황이었다. 예상과 달리 엉뚱한 방향으로 흘러갔던 것이다. 지금 생각해보면 그 이유는 매우 단순했다. 우리와 인테리어 디자이너들 간의 인테리어에 대한 접근법은 물론 커뮤니케이션 방식이 매우 달랐기 때문이다.

주인장들은 가게에서 원하는 느낌을 연출해줄 소품을 먼저 정하고 가게 인테리어의 전체를 구성하고자 했다. 반면에 인테리어 디자이너는 전문가이자 아티스트이기 때문에 인테리어 콘셉트와 테마 선정을 우선시했고, 그것을 완성하는 데 필요한 소품을 찾는 식으로 접근했던 것이다.

모든 일이 그렇겠지만 인테리어에서도 역시나 가장 중요한 것은 사람 간의 '커뮤니케이션, 커뮤니케이션, 커뮤니케이션'이다. 원하는 것에 대해서 명확하게 전달하는 것. 오해를 줄이고 합의점을 만들어가는 것이 시간 낭비를 줄이는 최선의 길이라는 걸 크게 배웠다. 시간 낭비가 아닐까 싶을 정도로 지나치게 자세한 부분까지 상의하는 것이 결과적으로는 나중에 생겨날 불필요한 의견 조율 시간을 줄이는 보다 효율적인 방법이라고 생각한다. 인테리어 디자인 역시 정신 차리고 서로의 합의점을 찾아가기로 했고, 결론적으로는 우리가 원하는 방향대로 힙스터스러운 '세탁소옆집'이 탄생했다.

소상공인으로서 우리가 줄 수 있는 작은 팁은 인테리어는 최대한 간단하고 심플하게 기본만 잡아두고 차차 만들어가는 것이다. 없어도 크게 상관없거나 영업에 영향을 받지 않는 것들은 천천히 고쳐나가도 괜찮다. 우리도 영업을 시작한 이후에 큰 테이블의 위치를 변경하기도 하고, 맥주 선반을 3층에서 4층으로 바꾸기도 하는 등 조금씩 세탁소옆집의 필요에 맞게, 개성에 맞게 바꿔나갔다.

소상공인은 **빡세다**

소상공인의 삶은 생각보다 신경 쓸 것이 엄청 많다. 지금 만약 열 개 정도의 일을 예상한다면 그것의 딱 열 배라고 생각하면 된다. 난생처음 해보는 상가 부동산 계약부터 안전을 지켜주는 세콤 설치, 맥주 계산을 위한 포스 설치, 기본적인 인터넷 설치 등 생각보다 처리해야 할 일들이 매우 매우 많다. 하루하루 새롭게 할 일들이 생겨나니 인생이 지루할 틈이 없다. 특히 처음에는.

소상공인의 삶을 빡세게 하는 초기 사업 준비에 필요한 일들을 소개하겠다. 개인사업자로 시작하느냐 법인으로 시작하느냐에 따라서 등록 방식이 다르긴 하지만 세탁소옆집은 개인사업자로 시작했다.

- **사업자등록증**: 가장 중요한 건 어떤 사업자로 등록하느냐! 경비율을 잘 따져보는 것이 중요하다. 작은 사업이기 때문에 세금을 최대한 줄이는 게 포인트! 예를 들어 경비율이 팔십 퍼센트라면 연매출이 일억인 경우 팔천만 원을 경비로 인정해주기 때문에, 이천만 원에 대한 세금만 부과된다. 같은 업종이라고 해도 각각의 경비율이 다르기 때문이다. 그리고 매출을 예상해서 단순경비율과 기준경비율의 차이를 확인하는 것도 중요하다. 하지만 귀신 같은 국세청은 어느 정도 매출이 있으면 일 년 뒤에 일반과세자로 사업자등록증 변경을 통지한다. 그래서이 년이 지난 지금은 경비율 혜택을 받지 못한다.

- **사업자 통장 및 카드**: 요즘은 사업자가 있어도 대포 통장 개설을 막기 위해 은행에서 까다롭게 심사하는 경향이 있으니 참고하면 좋다. 사이드 허슬이기 때문에 월급을 받고 있는 은행에 가면 월급 통장이 확인되어 훨씬 더 쉽게 진행이 가능하다. 담당자를 잘 설득해놓으면 신용카드 신청도 수월하게 도와주는 경향이 있으니 참고! 카드는 만든 후에 국세청 홈페이지에 등록해서 경비가 인정되도록 해두면 나중에 부과세 신고나 각종 세금 납부 시 도움이 된다.

- **도메인이 있는 이메일 개설**: 구글에서 제공하는 '지스위트[G-suite]'에서 간단하게 만들 수 있다. 한 달에 이만 원 정도의 비용이 든다. 그냥 '@gmail.com'을 쓰는 것보다는 전문적으로 보이기 위해 본인 회사명을 사용하는 것을 추천한다. 우리는 '@minminsisters.com'으로 했다. 도메인이 있으면 세금계산서 이외에도 업무상의 소통 내용을 효과적으로 관리할 수 있고 구글 드라이브를 사용할 수 있기 때문에 자료 정리가 수월하다. 회사명을 사용할 경우 도메인을 단순하게 만들어 사용하는 것을 추천한다. 'minminsisters'도 길고 같은 철자가 많아, 만약 다음에 기회가 있다면 '@minsis.com'처럼 짧게 바꿔볼 예정이다.

- **포스[POS] 설치 및 등록**: 대부분의 경우 포스 기계를 사라고 추천하는데, 한 달에 삼만 오천 원 정도의 비용을 지불하면 기계를 주고 중간에 취소해도 위약금이 없는 렌털 서비스를 선택하면 좋다. 소상공인의 운명은 아무도 예측할 수 없기 때문에.

- **세콤**: 비상사태를 대비해서 그리고 안전을 위해서 하는 게 좋다.(가끔 가게에 에어컨을 켜놓고 가는 불상사가 발생할 때, 바람이 감지되어 세콤이 출동하면서 전기세를 절약하게 해준 에피소드도 많다.)

- **세스코**: 세상에 별로 무서울 게 없지만 바퀴벌레만은 함께하고 싶지 않은 주인장 1에게 반드시 필요해서 진행했다. 바퀴벌레가 무섭지 않으면 안 해도 된다. 겨울보다 여름에 벌레가 많은데 벌레 잡는 기계를 설치해도 비슷한 효과를 낼 수 있다.

- **온라인 가게 등록**: 무엇보다 중요한 것은 다양한 온라인 지도에 업체 등록하기이다. 네이버맵, 다음맵, 구글맵은 기본이라고 하겠다. 참고로 구글맵은 인증번호를 우편으로 보내주는데, 해당 코드를 입력해야 구글에 등록이 된다. 네이버는 네이버플레이스에 등록하면 영업시간, 공지 사항 등을 수정하고 업데이트할 수 있다.

- **온라인 채널**: 본인 비즈니스 특성에 맞는 소셜미디어 채널을 선정·구축하여 고객과 소통하기를 추천한다. 온라인 채널을 만들 때 역시 위에서 말한 도메인이 있는 이메일을 만들어두면 이것으로 관리하기 때문에 편리하다. 참고로 요즘은 대부분의 요식업도 인스타그램만 사용한다.

- **맥주 관리**: 지속적으로 맥주를 주문하고, 재고를 관리하는 것

은 기본이다. 하지만 수입사들이 같은 맥주를 계속 수입하지 않고 새로운 맥주를 가지고 오기 때문에 선호하는 수입사와 꾸준히 연락을 하는 것이 중요하다. 그러면 우리가 원하는 맥주를 선주문할 수 있도록 해준다. 수량이 많이 들어오지 않기 때문에 확보가 중요하다! 미켈러의 '아 유 레디 프레디 머큐리' 맥주는 오직 열두 캔만 받은 경우도 있다. 인스타에 올리자마자 하루 만에 다 동이 났다. 인기 템. 역시 퀸!

- **맥주 디스플레이**: 엄청 많은 맥주를 보고 고객들이 놀랄 수 있기에 세옆만의 스타일이 가미된 맥주 소개를 손 글씨로 적어 가격표를 제작했다.

- **입간판**: 초반에는 지나가는 사람들이 보고 들어올 수 있도록 의자 구매할 때 배달된 택배 박스로 제작했다. (재활용 박스 수거하시는 아주머니께서 자꾸 납치하려고 하셔서 몇 번이나 다시 집어 왔던 에피소드가 있음. 박스로 제작하면 지나가던 사람들이 황당하고 웃겨서 다시 한번 쳐다보게 되는 효과 만점.) 하지만 태풍과 비와 천재지변을 겪으면서 입간판은 어디론가 날아가거나 부서졌다.

- **현수막 걸기**: 크린토피아 주인 아주머니가 오셔서 본인 세탁소에 걸려 있는 현수막을 가리키시며 "이거 얼마 안 해. 하나 해!" 하고 권하셔서 세탁소옆집을 알리는 현수막을 제작했다. 가게 이벤트나 공지 사항 같은 것이 있을 경우 제작하여 사용하면 가격 대비 성능이 좋다. 가끔 태풍을 견디지 못해 가게에 도착하면 사라져 있곤 한다.

- **동네 주민 떡 돌리기**: 아직도 정이 많은 금호동 사람들. 동네 주민들과 친하게 지내는 것이 매우 중요했다. 특히 디제잉 파티 때도 우리 편에서 지켜주고, 평일 낮에 가게에 없을 때 물건도 받아주시고, 과일도 나눠 먹고……. 정이 가득하다!

- **마케팅 소품 만들기**: 크게 고민하지 말고 바로 고 고 고! 물론 오만 원, 십만 원도 소중한 돈이지만 빨리 만들어서 사용하는 것이 남는 일이다. 손님들은 기념으로 가져갈 수 있는 스티커와 도장을 좋아하는데 랩톱이나 핸드폰 뒤에 붙여서 가지고 다니면 주변 홍보에 아주 좋다.

무한 증식하는 일들을 효율적으로 처리하기 위해서

소상공인이 명심해야 할 것은 '우선순위'이다. 두 주인장 역시 사소한 듯하지만 중요한 많은 일들의 목록을 작성한 다음 빠르게 업무를 나누어 진행했다. 주인장 1은 맥주 주문 및 가격 책정, 쇼윈도 관리, 마케팅 물품 디자인 및 제작을 주인장 2는 사업자 등록, 인스타그램을 포함한 소셜미디어 계정 개설 및 온라인 업체 등록 등을 담당했다.

무엇보다 두 주인장이 공동 창업가로서 한 번의 다툼 없이 진행할 수 있었던 것은 둘 다 실행력을 중요시하며, 업무 진행의 속도가 빠르고 필요한 시점에 빠르고 투명하게 소통했기 때문이다. 끊임없이 대화합시다!

세탁소옆집의 옆집들

    금호동 크린토피아. 세탁소옆집의 '세탁소'가 바로 이곳이다. 가게 계약을 결정하고 인테리어를 위해서 다시 찾았을 때 크린토피아 앞에 아주머니 한 분과 할머니가 계셨다. 할머니는 옆 가게에 무언가 새로운 것이 들어오는 게 신기하셨는지, 밖으로 나와서 왔다 갔다 하시면서 거침없이 말을 거셨다.

    "여기 뭐가 들어와?"

    "안녕하세요! 저희 맥주 파는 슈퍼마켓이에요! 종종 놀러 오세요!"

    할머니는 젊은 언니들이 고생이 많다고 한마디 툭 던지시더니, 오픈 준비하러 갈 때마다 살갑게 말도 걸어주시고 늘 친절하게 인사도 받아주셨다. 동네 정보도 소소하게 알려주시거나, 군것질하라며 과자를 건네주실 때도 많았다. 가게를 가오픈하고 크린토피아 아주머니와 할머니에게 가장 먼저 인사를 드리러 갔다. 그때 두 분이 크게 축하해주시면서, 동네에 떡을 돌려보면 어떻겠냐고 하셨다. "여기 아직 옛날 동네라 인사하고 그럼 좋을 거야!" 아, 생각도 못 했다. 우리는 감사한 팁에 동네에 떡을 돌리기로 결심하고 바로 주문했다.

　　두 주인장은 크린토피아에 세탁물도 종종 맡긴다. 그렇게 찾아갈 때마다 깎아둔 사과를 나눠주시기도 하고, 귤을 한 주먹씩 쥐여 주시기도 한다. 가게 문이 닫혔을 때 도착한 택배를 맡아주신 적도 많았다. 감사한 마음에 먹을 것이며 맥주며 가져다 드리기도 한다. 우리에게 이웃끼리 나누는 정이란 게 뭔지 다시금 알려주시는 분들이다.

　　세탁소옆집의 또 다른 옆집이 있다. 삼성인테리어. 날이 좋은 어느 여름날. 주인장들과 세탁소 손님들이 가게 밖에 마련된 의자에 앉아서 맥주를 즐기고 있었다. 삼성인테리어에는 한 가족이 사는데, 아주머니가 수박을 그릇에 썰

어서 가지고 나오셨다. "이것 같이 먹어." 마치 이모 같기도, 숙모 같기도 한 친절한 아주머니는 그 후에도 불쑥 찾아와 떡이나 먹을 것을 나눠주시곤 했다.

　　세탁소옆집에서 처음으로 디제잉 파티를 하던 날, 경찰이 왔다. 아무렴. 핫한 파티에 경찰이 한 번 정도는 출동해야지. 경찰은 민원 신고가 접수되었다며 어서 파티를 마무리하라고 했다. 아직 이른 시간이었고, 음악 소리가 밖으로 크게 새어 나오지도 않아서 의아했지만, 파티를 마무리하기로 했다.

　　다음 날 아침 삼성인테리어 아주머니와 우연히 밖에서 만났을 때 아주머니는 걱정이 태산 같았다. 왜 경찰이 왔냐, 우리 아들도 옆집 장사해야 하니 12시까지는 그냥 두자고 했는데, 누가 신고를 했느냐고 혀를 끌끌 차면서 우리를 걱정해주셨다. 그 가족들까지 우리를 생각해주었다는 사실이 놀라웠다. 하핫. 정말 고마운 이웃이다.

　　그리고 금떡볶이. 세탁소옆집 주인장들이 자주 다니는 분식집이다. 저녁 한 끼를 때우고 싶어서 일 분 거리에 있는 이곳에 자주 간다. 떡볶이집 주인분들은 항상 장사는 잘되는지 등 안부를 물어봐주신다. 어떨 때는 가게 비우고 왔냐면서 "어서 돌아가 있어. 내가 가져다 줄게."라며 기어코 우리를 돌려보내시고는 겨우 김밥 한 줄을 기꺼이 배달해주신다. 가끔 맥주를 마시러 놀러 오시는 고객이기도 하다. 자주 찾아가지 않을 수 없다.

금호동의 작은 가게들. 세탁소옆집을 외롭지 않게, 그리고 즐겁게 운영하는 데 작지만 큰 힘과 소소한 행복을 주는 곳들이다. 오픈을 준비하면서 많은 것을 예상하고 계획했지만, 이런 골목 네트워크의 오밀조밀한 정을 느끼리라는 건 전혀 생각지 못했다. 요즘 서울에서는 느끼기 힘든 이웃의 정이 아직 이 골목 곳곳에서 느껴진다. 작은 가게들이 주고받는 훈훈한 정이 오래오래 지속되었으면 한다.

Say Yup World

Part 2.

세탁소옆집 프로젝트
: 말하면 다 해!

Artificial Intelligence 인공지능
시대는 가고
Alcoholic Intelligence 지능적 알콜 섭취
시대가 온다.

– 세탁소옆집 미래 예언

들어는 봤니,
사워 맥주

2015년 어느 날 주인장들은 가로수길 '미켈러^{Mikkeller} 바'에서 처음 사워 맥주^{sour beer}를 마셨다. 우리는 그날을 절대 잊을 수 없다. 평소 홍초, 감식초 등을 마실 정도로 신맛을 좋아했던 두 주인장은 사워 맥주를 마시자마자 첫입부터 그 매력에 중독되어버렸다! 사실 대부분의 사람들은 사워 맥주를 마시면 '악' 하는 비명에 가까운 감탄사와 함께 인상을 찌푸리거나 거부 반응을 일으킨다. 물론 마시다 보면 어느 순간 그 치명적인 매력에 빠지는 사람들도 많지만. 우리는 사워 맥주를 접한 바로 그 순간부터 '오! 이거 새로운데! 좋은데!' 감탄하며 입에 침이 고이는 맛의 독특하고 치명적인 매력에 빠져버렸다.

그 후, 얼마나 자주 그곳을 들락거렸는지 기억나지 않는다. 그냥 우리는 회사가 끝나고 '콜!'을 외치면서 하루가 멀다 하고 미켈러 바에 들렀다. 우리도 모르는 사이 사워 맥주 '덕질'의 세계로 들어가고 말았던 것이다. 그때 처음으로 신맛 맥주를 소개해준 지인은 말했다. 사워 맥주를 먹고 좋아한다면 그건 '맥덕', 즉 맥주 덕후가 될 기질이 다분하다는 뜻이라고. 그때는 흘려들었지만 강렬했던 신맛은 잊히지 않았고 우리는 어느 틈에 매일같이 미켈러 바에 가서 사워 맥주를 마시고 있었다.

사워 맥주는 기존의 맥주와 달리 와인과 같이 추가 발효 과정을 거쳐 그 풍미가 풍부해서 잊어버렸던 혀 안쪽의 감각을 일깨우는 뜻밖의 맛이 있다. 미켈러는 특히 '스폰탄' 시리즈가 유명한데, 맛이 다양해서 맥주를 사랑하는 맥주 덕후들 사이에서는 아주 인기가 좋다.

심지어 주인장 1은 직접 사워 맥주를 판매하는 덴마크 사이트에서 직구로 주문해서 한국으로 배달시키는 귀찮은 일을 할 정도였다. 덴마크에서 도착한 신상 맥주들, 특히 한국에서 귀하기 어려운 진귀한 맥주들을 손에 넣어서 매우 흐뭇해했던 날이 아직도 눈에 선하다. 직구를 한 신 맥주를 나눠 마시면서 세상에는 미켈러 브랜드 외에도 더 많은 종류의 신 맥주가 있다는 사실을 알게 되었다. 이렇게 다양한 신맛이 존재한다니, 너무나 즐거웠다. 세탁소옆집의 시작에는 사워 맥주가 있었다고 해도 과언이 아니다. 사워 맥주를 열심히 마시면서부터 맥주의 종류에 대해 더 깊이 파고들고, 새로운 정보에 즐거워하는 우리를 발견했기 때문이다.

사워 맥주의 매력에 빠져서 맥주에 더 큰 관심을 가지게 되었기에 주인장들에게 사워 맥주는 세탁소옆집만의 개성을 만드는 핵심이 되었다. 맥주 셀렉션에서 과감하게 사워 맥주의 비중을 높여 다른 맥주 슈퍼나 보틀숍과의 차별화된 제품 구성을 계획했다. 사워 맥주는 아직 한국에서는 대중화되기보다는 마니아층이 두터운 맥주여서, 일반적인 맥주 보틀숍 혹은 이마트와 같은 슈퍼에 가면 매우 한정된 종류만 구매가 가능하거나 거의 찾기조차 힘들다.

반면에 세탁소옆집에서는 한국에서 판매되는 웬만한 사워 맥주를 전부 다 만나볼 수 있다. 한국에 수입되는 사워 맥주는 항상 다른 어떤 숍보다 빨리, 그리고 보다 다양하게 구비하려고 한다. 매우 솔직하게는 두 주인장이 한국에 수입되는 새로운 사워 맥주를 빨리 마셔보고 싶어서라도 남들

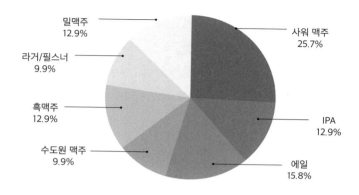

밀맥주
12.9%

라거/필스너
9.9%

흑맥주
12.9%

수도원 맥주
9.9%

사워 맥주
25.7%

IPA
12.9%

에일
15.8%

참고. 세탁소 옆집의 첫 맥주 구성 비율 — 어느 곳에서도 볼 수 없는 파격적인 사워 맥주의 비율!

보다 먼저, 더 많은 종류를 들여온다. 세탁소옆집은 이렇게 맥주 덕후들 혹은 맥주의 새로운 맛을 원하는 사람들에게 맥주의 시야를 넓히는 역할을 하고 있다.

물론 세탁소옆집은 사워 맥주 이외에도 매우 다양한 종류의 맥주를 구비하고 있다. 서로 다른 효모 사용과 발효 방법에 따라서 에일과 라거로 구분되는데, 수제 맥주 하면 생각나는 IPA^Indian Pale Ale, 부드러운 스타우트, 포터 등도 모두 에일에 속한다. 요즘은 단순히 IPA가 아니라 Double Dry Hopped Indian Pale Ale, Sour IPA, Indian Pale Larger, Dry

Hopped Gose 등 여러 스타일이 결합된 창의적인 맥주가 트렌드의 중심을 이루는데, 손님들 중에서도 다양하게 맥주에 도전하고 싶어 하는 분들이 많이 찾는다. 세탁소옆집에서는 항상 백여 종류의 맥주를 만나볼 수 있다는 사실! 인생 뭐 있어? 맥주 마시는 거야! 낫띵! 즐겨!

잘 모르시는 분들을 위한 간단한 맥주 종류 소개

- **사워 맥주**: 와인과 비슷한 발효 과정을 거쳐 자연 효모로 만든 맥주로, 마시면 마실수록 그 치명적인 매력에 중독된다. 마시면 입 안에 침 고이는 맛. 주인장 둘이 가장 사랑하는 맥주 종류이다. 톡 쏘는 신맛, 과일 맛 나는 신맛, 홉 맛이 어우러진 신맛, 콤콤한 신맛 등 다양한 신맛의 세계를 경험할 수 있다. 사워 맥주라고 통틀어 부르지만, 베를리너 바이세Berliner Weisse, 고제Gose, 람빅Lambic, 괴즈Gueuze, 파로Faro 등 다양한 이름이 존재한다.

- **IPA**: 홉홉홉 한 맥주. 수제 맥주 하면 다들 생각하는 바로 그 맥주. 수제 맥주 마니아라면 IPA 러버!

- **에일**: 정말 다양한 스타일을 가진 각양각색의 맥주를 만나볼 수 있다. 질릴 틈 없는, 까도 까도 끝이 없는 매력적인 에일 맥주의 세계.

- **라거/필스너**: 언제나 치맥이 최고인 사람에게는 역시 꿀꺽꿀꺽 라거! 시원하고 청량감 넘치는 맥주이다.
- **밀맥주**: 부드럽게 마실 수 있는 맥주. 보리와는 다른 밀만이 가진 목 넘김과 풍부한 바디감을 즐길 수 있다.
- **스타우트/포터**: 무게감 있으면서도 부드러운 흑맥주. 대부분 높은 도수를 자랑하며 빨리 취하고 싶을 때 마시면 좋다.
- **수도원 맥주**: 벨기에 여행을 다녀온 사람이라면 누구나 기억하는 트라피스트 맥주. 전 세계 열네 곳의 수도원에서만 제조 가능한 고품질의 맥주이며, 걸쭉하면서 보리의 깊은 맛이 숙성되어 도수가 꽤 높은 편이다.

맥주 슈퍼,
맥주 리스트가 중요하지 않다?!

　　맥주 가게의 비즈니스 성공에 가장 중요한 것은 무엇일까. 당연히 '맥주'라고 생각할 것이다. 하지만 맥주 리스트는 중요하지만 또 생각만큼 중요하지 않다. 왜 그럴까.

　　우선 유통 구조상 맥주 리스트는 유기적으로 계속 변화한다. 아니 변화할 수밖에 없다. 맥주 슈퍼는 소매상이다. 우리는 도매를 통해서 수입사들이 한국에 수입하는 맥주 리스트 중에 원하는 것을 주문한다. 맥주는 수입사에 따라서, 그리고 근본적으로 맥주를 만드는 양조장에 따라서 계속 바뀌고, 고객이 찾는 맥주 취향이나 트렌드도 바뀐다. 그래서 맥주 리스트를 백 퍼센트 완벽하게 구성해내겠다는 생각은 처음부터 하지 않는 것이 좋다. 맥주 리스트를 완벽하게 만드는 데 집착하기보다는 우리 가게가 추구하는 맥주의 콘셉트와 방향성을 명확히 하는 것이 훨씬 중요하다. 부티크 브루어리boutique brewery같이 희귀한 맥주가 있는 가게로 포지셔닝할 수도 있고, 거의 모든 맥주를 다 구비하고 있는 것으로 포지셔닝할 수도 있다. 그 방향성 안에서 유기적으로 잘 변화해나가는 것이 중요하다.

세탁소옆집은 마트에서 흔하게 보는 맥주 말고 소량으로 한국에 들어오는 희귀한 맥주들로 구성해서 유니크한 맥주 슈퍼로 포지셔닝했다. 특히 북유럽의 유명한 집시 브루어리gypsy brewery들이 들여오는 맥주들 가운데 세옆 주인장이 좋아하는 스타일이 많아서, 일부 브루어리는 한국에 수입되면 바로 매장에 들인다. 덴마크의 '미켈러'와 '투올To Øl', 스웨덴의 '옴니폴로Omnipollo', 에스토니아의 '뽀할라Põhjala', 그리고 미국의 '프레리Prairie', 뉴욕의 '그림Grimm Artisanal Ales' 등 실험적이고 새로운 스타일의 맥주를 만드는 브루어리가 세탁소옆집이 가장 선호하는 곳들이다.

이런 집시 브루어리들의 특징은 한 가지 맥주를 꾸준히 만들기보다는 늘 새로운 맥주를 소량으로 만들어서 판매한다는 점이다. 그만큼 유니크한 한정판 맥주들이 계속 나온다는 장점이 있다. 세탁소옆집은 이런 맥주를 만날 수 있는 특별한 공간으로 만들어가고 있다.

한 가지 더 중요한 것이 있다. 세탁소옆집의 맥주 셀렉션은 두 주인장이 독단적으로 결정하지 않는다. 고객과 함께 만든다. 4차 산업 혁명 시대에 자주 등장하는 것 중 하나가 빅데이터 분석이다. 세탁소옆집의 맥주 셀렉션에서 고객이 중요한 까닭은 근본적으로 빅테이터 분석의 목적과 같다. '데이터를 통해서 고객을 이해해야 성공적인 비즈니스가 이루어진다.' 바로 그것이다. 물론 4차 산업이 아닌 2차 산업인 세탁소옆집에서의 빅데이터 분석은 오프라인에서 진행되고 있다.

세탁소옆집 벽의 한쪽을 보면 '원하는 맥주를 적어주세요.'라는 코너가 있다. 언제나 손님이 찾아오면 좋아하는 맥주를 물어본다. 새로운 맥주를 추천받기도 하고, 혹시 손님이 원하는 맥주가 있으면 적어둔다. 다음에 방문했을 때 본인이 추천한 맥주가 진열대에 딱! 놓여 있는 걸 발견한 손님들은 무척 즐거워한다.

고객들은 본인이 마셔보고 좋았던 최애 맥주부터, 본인이 해외에서 살면서 혹은 여행하면서 마셨던 추억이 담긴 맥주의 이름과 브루어리들을 공유해준다. '맥주 수색단' 이라는 이벤트를 통해서 서로 좋아했던 맥주를 찾아가기도 한다. 정말 어디서도 얻을 수 없는 값진 정보들이, 빅데이터 들이, 2차 산업을 하는 세탁소옆집에 소중하게 쌓이고 있다. 주인장들은 적극적으로 고객들의 의견을 듣고 이를 바탕으 로 맥주 리스트를 지속적으로 진화시켜가고 있다.

"테넌츠에서 나오는 위스키 향이 나는 맥주가 있는데 매우 맛 있어요!"

"와일드 비어에서 나오는 밀리어네어 흑맥주가 달면서도 진한 맛이 너무 좋아요!"

"동남아 여행 가서 마셨던 창, 빈탕 있나요?"

고객들이 원하는 맥주를 알려주면 한국에 있는 한 무 조건 들여오는 것이 세탁소옆집의 맥주 정신이다. 현재 세 탁소옆집의 맥주 리스트에서 고객들의 요청에 따라 추가된 맥주가 이삼십 퍼센트를 차지한다. 이 년 반이 넘은 지금도 리스트는 지속적으로 바뀌는 중이다.

늘 새로운 브루어리에 대한 탐구 정신과 호기심을 가

진 주인장들 역시 취향을 고집하지 않고 고객들의 의견을 듣고 정보를 수집하여 맥주 취향을 한층 더 진화시키고 싶다. 트렌드를 이끌어 갈 수 있도록 맥주 셀렉션을 구성하고 있기 때문에, 맥주 리스트가 따로 없다. 그래서 처음 온 손님들이 맥주 리스트를 찾으면, 손님의 취향을 물어보면서 그에 맞춰 새로운 맥주를 추천한다. 맥주 슈퍼에서 맥주 리스트보다 중요한 건 매번 바뀌는 트렌드를 세탁소옆집의 스타일로 소개하는 것이니까!

주인장의 언어로 다시 태어나는
맥주 디스플레이

맥주 구매를 하는 소비자는 크게 두 부류로 나눠볼 수 있다. 첫 번째는 맥주를 사랑하는 맥주 덕후, 두 번째는 그냥 맥주를 좋아하는 사람이다.

맥덕의 경우는 원하는 것이 명확하다. 자신이 좋아하는 맥주의 맛을 충분히 알고, 이미 맥주 공부를 많이 한 사람이어서 원하는 맛의 맥주만 찾아주면 바로 구매로 이어진다. 게다가 이런 유형의 소비자들은 본인이 아는 것을 적극적으로 공유해준다. 그래서 맥주 리스트 정보를 업데이트하는 데 매우 큰 도움을 얻는 데다, 맥주를 꾸준히 재구매하면서 단골이 되는 경우가 많다. 하지만 이런 소비자는 많지 않다.

대부분의 소비자는 맥덕의 경지까지 이르지 못한 경

우가 많다. 이 소비자들은 맥주의 맛뿐 아니라 맥주가 주는 스토리와 즐거움이 더해질 때 구매 결정을 하게 된다. 아직 맥주를 많이 알지 못하는 소비자들이 의사 결정을 하는 데 알콜 도수가 몇인지, 맥주의 색상은 어떤지, 어떤 홉을 사용했는지 등은 큰 도움이 되지 않는다. 그럼에도 대부분의 맥주 보틀숍은 전문적인 느낌을 위해 객관적 정보 위주로 설명한다. 하지만 이런 소비자들에게는 맥주가 가지는 스토리와 기존의 음주 경험이 구매 결정에 더욱더 결정적인 역할을 한다. 그래서 주인장들은 세탁소옆집만의 느낌을 담은 언어로 맥주의 스토리를 전달하고자 했다.

온라인에서 쉽게 찾을 수 있는 일방적이고 객관적인 정보의 제공이 아닌 주인장이 직접 하나하나 마셔보고 열심히 고민한 흔적이 담겨 있는 세탁소옆집만의 언어! 맥주 진열에도 저마다 개성이 담긴 맥주 설명 태그를 만들어 그 맛을 전달한다. 그런 맥주 라벨링이 눈에 들어오면 손님들은 대부분 쿡쿡 조심스럽게 웃는다. 라벨을 들여다보는 손님들의 반응을 지켜보면 가끔 개그콘서트에서 본인의 코너를 준비하는 개그맨들의 마음이 이럴까 싶기도 하다.

술은 마시는 사람마다 다르게 느끼기 때문에 다르게

표현할 수 있고 창의적으로 표현할 수 있다. 예를 들면 벨기에의 '데릴리움Delirium' 코끼리 맥주는 마시면 데릴리움 즉, 환각 증세를 느낄 정도로 맛있다는 의미로 붙여진 이름이다. 이 맥주의 라벨에 분홍색 코끼리가 있는데, '마시면 코끼리와 끼리끼리 친구가 될 만큼 환각 증세를 느끼는 맥주'라고 이름을 붙여두었다.

맥주들이 가지는 특성을 모아서 진열하는 경우도 있다. 같은 도시에서 온 맥주들을 모아두거나, 과일 향 맥주를 찾는 고객들이 늘어났을 무렵에는 과일 맥주만을 놓아둔 '세탁소옆집 청과 코너'를 만들기도 했다. 맥주를 잘 모르는 손님들도 쉽게 맥주에 접근하고 유쾌하게 구매하도록 돕고 싶다. 마시기 전부터 즐거워질 수 있도록!

맥주가 주는 감성과 특성을 유머러스하게 표현하는
세탁소옆집만의 맥주 디스플레이

- 위그 브루어리 '데릴리움 트레멘스': 마시면 코끼리와 끼리끼리 친구가 될 만큼 강력한 환각 증세를 느낄 수 있다!
- 코나 브루잉 '빅 웨이브': 하와이에서는 물처럼 마시는 빅 웨이브! 바다다!!!

- 더 부스 '대×강': 그 생각하시는 대동강 맞습니다. 대동강의 이름을 사용할 수 없어 대×강 맥주로 유통하고 있는 점을 활용하였습니다.
- 스톤 IPA: IPA의 '갓파더' 스톤 IPA는 업계에서 IPA의 교과서라고 알려져 있습니다.
- 불러바드 브루어리 '탱크 7': 싱크탱크! 생각하고 마시면 더 맛있는 탱크! 어느 순간 취해 있는 듬직한 도수, 빨리 취하고 싶은 분!!
- 크래프트 브로스 '강남 페일 에일': 강남역에서 간지나게 마시면 간만에 헌팅 들어오는 맛!

용기 내어 힘차게 들어오세요

'용기 내어 힘차게 들어오세요.'

세탁소옆집 금호점(그렇다! 우리는 한남동에 2호점도 냈다!) 입구에 써 있는 문구이다. 어느 날은 두 명의 여성 고객이 강아지를 데리고 주춤주춤 들어오더니 약간 놀란 눈으로 가게 안을 둘러보았다. 거친 철제 선반에 맥주들이 잔뜩 놓여 있고, 종이 라벨마다 적힌 맥주에 대한 설명이 굉장히 정신없다. 도라에몽 가면, '2018년 잘 취해보아요.'라고 쓰인 미스코리아 어깨띠, 수동으로 하는 낚시 게임, 어릴 때 했을 법한 작은 오락기, 라이언 복불복 게임기, 할리갈리, 쿠바에서 사용하는 라틴음악 타악기, 스쿠버다이버를 위한 물고기 연감, 시나몬 설탕이 가장자리에 묻어 있는 일회용 데킬라

잔, 탄자니아 지폐, 사람보다 큰 형광 초록색의 외계인 풍선 인형, 미켈러 브루어리의 코스터, 필리핀에서 왔다고 추정되는 닭 모양의 목각 인형, 천장에는 돌아가는 미러볼. 처음 온 방문자의 눈에는 산만하기 그지없을 것이다.

벽은 어떤가. 입구 쪽 벽면에는 〈마루코는 아홉 살〉의 할아버지의 명언 "의미 없는 것을 잔뜩 하는 것이 인생이다." 포스터가 색색으로 붙어 있다. 카운터 쪽 벽에는 유명인 같은 사람들의 사인이 붙어 있는데, 자세히 보면 'CNN에 나오고 싶은 집' 정도의 장난기가 가득한 문구들이다. 가운데 놓인 테이블은 몇 명만 앉아도 서로 어깨가 부딪힐 만큼 작아, 끽해야 열몇 명이 앉을 법한 작은 규모의 가게다.

온 사방에 정체성을 알 수 없는 많은 것들이 정신없이 놓여 있는데 왠지 모르게 그것들끼리 조화를 이루는 야릇한 느낌의 공간. 처음 들어온 손님들은 '앗 이게 뭐지?'라고 느끼는 동시에 '오, 매력 있다.'라고 생각하기도 한다. 손님들의 티 내지 않지만 당황한 기색에 주인장은 익숙하다는 듯이 다가가서 말을 건넨다.

"처음 오셨어요? 여기는 맥주 슈퍼예요. 보통 슈퍼에는 없는 맥주들이 많이 있어요. (맥주 선반을 가리키며) 대부분 맥주 종류별로 구분이 되어 있어요. 조금 쌉쌀하게 홉의 맛이 많이 나는 IPA, 다양한 스타일의 에일은 여기에 있고, 부드러운 밀맥주도 있어요. 아, 저기는 좀 독특한 맥주인데, 저희가 너무너무 좋아하는 스타일이에요. 사워 맥주라고 해요. 편하게 보시고 궁금한 것 있으면 알려주세요."

맥주를 잘 모르는 손님들에게는 보통 가게를 둘러보고 맥주를 구경할 그들만의 시간이 필요하다. 주인장은 가벼운 가이드라인만을 주고, 한 발짝 물러선다. 주인장 역시 쇼핑을 할 때 직원들이 들이대면서 설명을 하면 부담을 가지는 스타일이기 때문에 충분한 시간을 드린다. 고객들은 병을 들어서 보기도 하고, 이쁘다고 사진을 찍기도 하며 세탁소옆집에 적응할 시간을 가진다. 그러다 이내 주인장을 돌아보며 질문을 던진다. 대화의 시작이다.

"이건 어떤 스타일이에요?"

"바나나 향이 나는 부드러운 밀맥주예요. 독일에 살다 오신 분들이 종종 이 맥주를 사러 오시기도 해요."

"무겁지는 않지만 독특한 맥주를 먹어보고 싶은데, 추천해주실 수 있어요?"

"소라치 에이스라고 브루클린 브루어리의 맥주가 좋

을 것 같아요."

"네, 그럼 방금 제가 고른 것과 사장님 추천 맥주 마셔
볼게요!"

두 사람은 약간은 쑥스러운지 구석진 곳에 자리를 틀
고 앉아서 맥주를 마시며 대화를 한다. 자주 만나는 사이 같
았다. 주인장은 이내 메인 테이블에 앉아 있던 다른 손님들
과 이야기를 나누었다. 두 사람이 데려온 강아지 이야기로
다른 손님들도 자연스럽게 대화를 트기 시작했다. 그렇게
스몰 토크가 이어지다가 각자 자신이 마시는 맥주를 한두
잔씩 나눠 마신다. 세탁소옆집의 흔한 동네 주민 친목 도모
의 현장이다. 유쾌하게 이야기를 나누는 것이 제법 어렵지
않다.

며칠이 지난 뒤 두 여성 고객 중 한 명이 혼자 세탁소
옆집을 다시 찾았다. 구석 자리에 앉으려고 하길래 다른 손
님도 없는 참이라 큰 테이블에 자리를 권하고 맥주를 마시
면서 대화가 시작되었다. 알고 보니 그날 왔던 다른 친구는
매우 친한 사촌인데, 세탁소옆집에 처음 온 날 계획되어 있
던 태국 여행이 다른 일정 탓에 파투가 나서 아쉬운 마음에
가게에 들렀다고 했다. 그런데 마침 찾아온 이곳이 마치 다

른 우주에 온 것처럼, 태국에 온 것처럼 이국적인 느낌이 들어 좋았다고 했다. 하하핫. 태국은 못 갔지만, 그래도 술을 마시는 동안만은 금호동에 있는 것 같지 않은 기분이었달까. 세옆을 다시 찾은 것도 그런 이유 덕분이었다.

그 후에도 그녀는 자주 세옆을 방문했고, 심지어 이태원 리빈이라는 클럽에서 세탁소옆집이 컬래버 파티를 하던 날 약속이라도 한 것처럼 우연히 만났다. 진짜 세상은 좁다는 걸 다시 느꼈다. 우리는 운명처럼 클럽에서 만나서 같이 즐거운 시간을 보냈다.

세탁소옆집 금호점은 번화가가 아닌 곳에 위치해 사람들이 더 신기하고 신비롭게 생각하는 듯싶다. 아무것도 없는 금호동 사막에 마법처럼 나타난 오아시스 같은 느낌이랄까. 종종 이 힙하고 오묘하고 독특한 공간을 보고 쉽게 들어오지 못하는 사람들도 있다. 하지만 '용기를 내어' 한번 들어오면 자꾸 오고 싶어질 것이다. 조금만 용기를 내보자. 새로운 세계가 당신을 기다린다.

'맥멍'을 들어보신 적이 있는지? 용기 내어서 들어온 손님만이 즐기는 세옆 서비스, 바로 맥멍이다. 맥주 선반을 하염없이 쳐다보며 아무 생각이 없는 경지를 일컫는다. 캠핑을 갔을 때 모닥불을 보면서 멍을 때리는 무아지경을 경험해본 적 있다면 이것과 비슷하다고 생각하면 된다. 우리는 맥멍의 세계를 이렇게 정의했다. '일 미터 뒤에서 선반을 쳐다보면 새로운 세계가 열린다.' 요리조리 요목조목 따져보는 것도 좋지만 별을 보듯 맥주 전체를 우주, 즉 코스모^{cosmo}를 이해하듯 맥주모(맥주+코스모)로서 이해하는 경지도 세탁소옆집에서 꼭 경험해보기를 추천한다.

이제 충분히 용기 내어 세탁소옆집의 문을 열 또 다른 동기부여가 생겼다!

금리단길 부흥 프로젝트

'금리단길, 함께 만들어가요!'

가게에 들어오면 누구나 이 문구부터 보게 된다. 2018년까지도 금호동에는 아무것도 없었다. 물론 금남시장은 재미있는 재래시장이고 유서 깊은 곳이지만, 시장은 시장이다. 물건을 사는 곳과 일부의 오랜 전통을 가진 음식점들이 있는 반면, 문화를 즐기고 여유를 느낄 장치들은 많지 않았다. 2019년부터 곳곳에 작은 맛집들이 생겨나면서 금남시장 주변에 조금씩 활기가 돌기 시작하는 추세다.

아파트가 계속 생겨나는 금호동, 사람은 늘어나는데 즐길 곳이 없다니. 우리는 그 문제를 해결하고 싶었고, 문제 해결의 중심에 서고 싶었다. 지역 주민들과 같이 금호동을 주거와 함께 문화가 있는 거리, 소통할 수 있는 동네로 만든다면 금호동에 거주하는 많은 사람들이 좀 더 쉽고 자유롭게 와서 즐길 수 있지 않을까? 그래서 시작한 것이 '금리단길 부흥 프로젝트'였다. 금호동과 경리단길을 합쳐서 '금리단길'이라고 우리가 이름을 붙였다.

앞서 이야기한 것처럼 금호동은 신혼부부, 그리고 어린 아기를 키우는 엄마 아빠 들이 많이 산다는 것이 특징이다. 그리고 아기는 금방 자라기 때문에 옷을 오래 입지 못한다. 그 수요를 기반으로 아기 옷을 테마로 한 '제1회 금리단길 플리 마켓'을 2017년 12월에 처음 열었다.

금리단길 플리 마켓은 실제 주변에 사는 세탁소옆집의 고객님들도 직접 셀러로 동참했고, 핸드메이드 아기 옷 브랜드도 셀러로 참여했다. 플리 마켓 당일에는 미리 공지를 보고 오는 손님들, 실시간 올라오는 제품의 포스팅을 보고 달려 나온 분들도 있을 정도로 훈훈하고 재미있게 진행되었다. 날은 추웠지만 금호동 주민들과 맥주도 같이 마시며 몸도 녹이며 성공적으로 끝났다. 금호동 주민 간의 소통을 이끌어가는 세탁소옆집! 이후에도 몇 번의 플리 마켓을 진행했다.

금호동의 신축 아파트에는 금호동 토박이로 오래 사신 분들도 많지만 다른 지역에서 유입된 신규 '금호동 경험자'들이 많다. 그들은 금호동에 이사 와서 대체 이 동네에는 무엇이 있을까 하는 마음으로 동네를 한번 둘러보곤 한다. 아파트 입주가 시작될 때 새로운 손님들이 늘어나는 이유라고 생각된다. 요즘은 아파트 온라인 커뮤니티에서 동네 정보를 많이 공유하는데, 그것을 보고 찾아오는 분들도 적지 않다. 동네에서 오래 산 사람이든 아니든, 저마다 세탁소옆집에서 금리단길 팻말을 보면 유쾌하게 반응한다. "맞아요! 여기가 금리단길이 되면 더 재미있을 것 같아요! 이런 곳이 생겨서 기뻐요."라고 하거나, "여기를 금리단길이라고 하나봐!" 하면서 새로운 이름을 배워 간다.

신축 아파트는 단지 내 문화생활 커뮤니티를 중요하게 생각하고 다양한 행사와 프로그램을 진행한다. 세탁소옆집 근처 아파트 단지 커뮤니티에서 다양한 행사를 특히나 적극적으로 운영한다. 마침 그곳 주민인 지인을 통해서 아파트 단지에서 주말 푸드 트럭 행사를 하는데 세탁소옆집이 참여하면 분위기가 좋을 것 같다며 함께하면 어떻겠냐고 연락이 왔다. 너무 더운 여름날이기도 해서, 행사 당일 세옆 맥주의 인기는 하늘을 찔렀다. 동네에 사는 세탁소옆집 단골 손님들이 알바를 자처해주어 일손이 넘쳐나기도 했다.

성동구청장도 이날 커뮤니티 행사에 발걸음을 했다. 주민들이 금호동에서 가장 힙한 곳이라며 우리를 소개해주는 바람에 구청장과 기념사진을 찍을 기회도 가졌다. 사실 구청장과 사진을 찍었다는 것보다 작은 가게를 뿌듯해하면서 소개해주는 동네 주민들이 더 신기했다. 사실 사람들이 우리 가게의 존재를 아는지조차 잘 몰랐기 때문이다. 행사 날 동네 주민들은 주인장들에게 먼저 이런 말을 건네주기도 했다. "알아요. 세탁소옆집! 지나가다 보면 파티하던데, 오늘 알게 된 김에 방문해볼래요!" 그런 반응을 볼 때마다 '아, 이렇게 전환이 일어나는구나!' 하며 마음속에 작은 놀라움이 일었다.

이 행사는 생각보다 파급 효과가 컸다. 어느 날 외부 브랜드 론칭 행사에 세탁소옆집 맥주를 납품해달라는 요청을 받았는데, 알고 보니 그 회사 직원이 그 아파트 주민이었다. 역시 어떤 일이든 열심히 하고 볼 일인가 싶었다.

금리단길은 성동구 주민과 함께 만들어가는 곳이라고 생각한다. 작은 가게지만 여러 사람들과 협업도 하고, 서로의 일에 관심을 가져주는 사람들을 만나면서, 우리가 추구하는 금리단길을 만들어가야 하는 이유가 더 확실해졌다. 앞으로도 계속 같이 만들어가요! 금리단길!

찾아가는 수제 맥주 클래스

"안녕하세요. 세탁소옆집입니다. 여러분이 클래스가 끝나고 나가면서 맥주에 대한 취향을 당당히 말하도록 도와드릴게요!"

세탁소옆집 근처 한 아파트 단지의 주민 대상 문화 프로그램에서 수제 맥주 클래스를 진행했다. 프로그램을 기획한 아파트 주민회는 주로 남자 주민들을 대상으로 프로그램을 만들었다고 했지만, 막상 뚜껑을 열어보니 참가자 중에는 여자 주민들이 많았다. 우리가 맥주를 좋아하긴 하지만 브루어리는 아니었다. 적극적으로 맥주를 마시긴 하지만 맥주를 만드는 전문가는 아니었기에, 맥주를 만드는 방법이 아니라, 본인이 좋아하는 맥주 스타일을 찾고 당당하게 맥주를 주문할 수 있도록 도와주는 커리큘럼으로 구성했다. 내 스타일의 맥주를 찾고 어디서든 있어 보이게 마시기. 이게 우리가 준비한 클래스의 목적이었다.

우리도 맥주 슈퍼를 하면서 많이 배운다. 위스키를 만든 오크 통에 넣어서 맥주를 숙성시킨다는 것을 그 전에 어떻게 알았을 것인가. 수도원 맥주가 전 세계 열네 곳의 수도원에서만 생산된다는 것을 알았을 리가 없다. 우리도 사업을 하며 맥주에 대한 많은 것을 배웠다. 인터넷에서 배울 수 있는 맥주의 기본 지식, 예를 들어 맥주를 만드는 데 필요한 재료 같은 것보다는 맥주를 즐기는 법을 알려주고 싶었다.

"맥주 중에 라거 말고 에일이라는 것이 있다고 들은 것 같긴 한데……." 수업에 참가한 분들의 맥주 경험치는 이 정도였다. 우리는 맥주의 기본적인 종류는 간단히 다루고 최근 트렌드와 맥주 브루어리, 브랜드, 펍 등 살아 있는 정보를 전달하는 것과 직접 맛을 보고 본인의 취향을 파악하는 것에 집중했다.

최근 핫하게 떠오르는 오크 통에서 숙성해서 맛의 깊이를 더하는 배럴 에이지드 맥주barrel-aged beer부터, 헤이지 IPA라고 불리는 뉴잉글랜드 스타일의 IPA, 여전히 유행 중인 사워 맥주까지 새로운 종류를 소개하기도 했다. 맥주도 퓨전이 트렌드다. 사워 맥주와 IPA가 결합된 사워 IPA, 깔끔하게 꿀꺽꿀꺽 마시는 라거인데 IPA처럼 홉의 맛을 강하게 한 IPL India

Pale Lager 등 여러 가지 실험적인 시도가 일어난다. 음식도 글로벌 시대에 맞춰 그리고 미식 문화가 진화할수록 한국의 음식과 프랑스 음식이 퓨전되기도 하고, 다양한 재해석이 일어난다. 맥주도 마찬가지다.

모두가 기다리던 시음 시간에는 꽤 가격이 나가는 제품이 많았지만, 그간 설명한 뉴웨이브의 맥주들을 선보이기 위해 열심히 종류별로 맥주를 가져갔다. 라거, 에일, 스타우트, IPL, 배럴 에이지드 맥주, 사워 맥주 등. 종류별로 그리고 브랜드별로 다양하게 맛을 봤다. 끝나기 전 참가자들에게 각자 마음에 드는 스타일이 뭔지 물어보았다.

"저는 초콜릿 향이 나는 스타우트요."

"과일 향이 나는 사워 맥주가 제 취향에 맞아요."

"홉 향이 부드러운 이 핑크색 라벨의 IPA가 좋아요."

확실히 처음 클래스를 시작했을 때의 막연했던 상태에서 취향을 조금 더 찾은 걸 알 수 있었다. 참가자의 연령대도 다양하고 맥주를 접해본 경험도 다 달랐지만 수제 맥주 클래스를 통해서 사람들이 자신이 좋아하는 맥주를 찾는 것을 지켜보는 건 생각보다 꽤 즐거운 일이었다.

인공지능^{AI}의 시대는 지나가고 알코홀릭 인텔리전스^{AI}의 시대가 온다

세옆 브랜드 태그라인의 진화

세탁소옆집에만 있는 걸 모아보니, 자연스럽게 세옆의 정체성이 형성되었고 세옆은 금호동 힙스터의 성지로 당당히 자리잡을 수 있었다. 4차선 도로 뷰를 자랑하며 외로워도 슬퍼도 술과 함께하는 '술로라이프'를 당당하게 외치는 많은 서포터들과 함께. 아! 거기 금호동 힙한 곳!

세옆의 브랜드도 진화했다. 처음에는 보틀숍으로 시작했지만 이름 자체가 주는 진부함이 커서 뭐라고 하면 세옆의 정체성을 드러낼 수 있을까 하다가 '맥주 구멍가게'라는 태그라인을 사용했다. 그런데 너무 슈퍼 같은 느낌이 들어서 선택한 대안이 바로 '맥주 편집숍'. 그리고 손님들에게 재미있는 인상을 심어주고 싶어서 '참 잘 취했어옆' '술

로라이프' '풋 유어 큰손 업'이라는 스티커를 만들어서 홍보
했다. 사실 어떤 태그라인이 메인으로 사용될지는 모르지만
다양한 아웃풋을 내면서 손님들의 반응을 봐가며 꾸준하게
인스타그램에 복사해서 올렸다.

　　인스타그램 포스팅은 세옆의 마케팅 진화 과정을 잘
보여준다. 헛소리의 진화 과정이라고나 할까. 사실 헛소리
가 주는 즐거움은 말로 표현할 수 없다. 꼬리의 꼬리를 무는
창의력과 상상력 그리고 가끔은 혼자만 아는 '푸흡'의 정체
가 반갑고 신기한 기분.

　　2017년에는 인스타그램을 손님들에게 전하는 메시지
보드라고 생각하며 종잇장에다가 연필로 깨끗하게 꾹꾹 눌
러 적은 느낌의 해라면, 2018년부터는 점점 탄력을 받는다.
주위에 일단 헛소리 능력자들이 늘어나면서 아웃풋이 늘
었다. 그리하여 #술로라이프 #함께 마셔옆 #세옆 한마디로
'옆'의 시대이다. 모든 말에 '옆'을 붙이면서 옆옆옆, 세옆 언
어를 탄생시킨 의미 있는 해이다.

　　2019년에는 조금 더 진화했다. 입이 닳도록 말해 내 굳
은 귀지가 고마워하는 '4차 혁명'. 도대체 그게 무엇인가. 4차
혁명이 뭔지도 모르면서 외치는 이 단어에 대항하여 'AI'는

더 이상 '인공지능$^{Artificial Intelligence}$'이 아닌 '알코홀릭 인텔리전스 $^{Alcoholic Intelligence}$'로 변화했다. 술을 마시면 인공지능보다 더 똑똑해지는 경험은 누구나 할 수 있다. 머신 러닝이 아니라 알콜 러닝이다. 기억도 소환하고 무의식적으로 행동하는 당신이 바로 알코홀릭 인텔리전스의 경험자이다.

2020년에도 세옆은 술은 마시면서도 웰빙을 지향한다. #알콜스테 #알코홀릭 컨셔스니스$^{Alcoholic Consciousness}$가 올해의 키워드다. '알코홀릭 컨셔스니스'는 알코홀릭 인텔리전스보다 한 단계 더 높은 단계를 뜻한다. 부처가 해탈하듯 알콜이 한 몸이 되어 당신의 의식을 지배하는 경지인 셈이다. 약어 'AC'가 자칫 에어컨과 혼동될 수 있으나 변함없이 아름다운 언어이다. #알콜스테, 알콜과 함께 나마스테!

줄줄이 의식의 흐름대로 흘러가는 인스타그램 헛소리는 세옆의 브랜딩에 한껏 힘을 실어주고 있다. 말하면 다 이루어지는 세상, 세옆 월드가 탄생하는 순간이다!

브랜딩은 인위적인 것이 아니라 자연스럽게 형성된다는 사실을 세옆을 통해 경험하고 있다. 다양한 아이디어 속에서 부르기 쉽고 기억하기 쉬운 태그라인으로 정체성을 찾는 과정이 코앞에서 벌어지고 있으니까. 나의 정체성도 지금과 과거가 다르듯이 세옆의 정체성도 재미있는 태그라인으로 변해왔고 변해가고 있다. 다음 태그라인을 기대해주세옆!

한 번 사는 인생 제대로 쪽팔리자

세탁소옆집을 운영한 지 일 년이 조금 안 된 시기였다. 지인을 통해서 '폴인'을 소개받았다. 폴인은 중앙일보에서 운영하는 지식 콘텐츠 플랫폼이다. 론칭하면서 플랫폼에서 연재할 다양한 분야의 전문가와 콘텐츠를 찾고 있었는데, 세탁소옆집이 함께하면 좋겠다는 제안이었다. 언젠가 우리의 이야기를 글로 쓰면 좋겠다는 막연한 생각을 한 적은 있지만 이렇게 좋은 기회가 올 줄은 몰랐다.

딱 한 가지 고민이 있었다. 아는 사람은 다 아는 비밀이었지만, 사실 그때까지만 해도 회사에는 세탁소옆집에 대해 이야기하지 않았기 때문이다. 하지만 폴인에서 연재하는 콘텐츠에 우리 이름이 들어가지 않거나 재직 중인 회사를 밝히지 않는다면 결국 세탁소옆집을 운영하는 사람들에 대해 소개하지 않는 것이나 마찬가지라 콘텐츠의 흥행에 실패할 수도 있다고 생각했다. 회사에 우리의 사이드 허슬에 대해 공개할지를 결정해야 하는 시점이었다.

까짓것, 한 번 사는 인생 쪽팔리는 걸 두려워 말자. 우리의 결론이었다. 어차피 알 사람은 다 알고 다른 사람이 더 알아서 나쁠 것은 없다. 이것을 계기로 우리 가게도 홍보하고 우리도 브랜딩하고 좋은 기회로 삼자. 이렇게 결정을 내리고 열심히 글을 썼다. 글을 쓰다 보니 일 년이란 세월이 주마등처럼 지나가고 그간 했던 수많은 삽질을 되돌아보게 되었다. 삽질을 정리하다 보니 우리 인생도 정리되는 기분이었다. 세탁소옆집을 꿈꾸기 시작한 순간부터 두 주인장이 의기투합을 하고 문을 열기까지, 아니 그 이후에 이곳에서 여러 사람들을 만나 우리도 몰랐던 발견들을 하기까지 그 모든 과정을 눈앞에 펼쳐놓은 듯했다. 물론 우리를 담당했던 너무나 좋았던 기자님들은 우리의 글을 읽고 고쳐주면서 많은 고생을 하셨을 거라 짐작한다. 정말 큰 감사를 표한다.

중앙일보가 처음으로 폴인을 만드는 시점이었기에 글을 쓰는 사람들에게 사진 촬영의 기회도 주셨다. 인생에서 사진 찍는 것만큼 힘들어하는 것이 없는데, 전문가와 사진 촬영을 하는 계기가 생기니 좋으면서 두려웠다. 다행히 작가님의 마법 같은 기술로 우리 둘 다 꽤나 행복하고 멋진 모습으로 나온 사진을 건지게 되었다.

드디어 폴인 스토리가 론칭되는 날. 부끄럽고 쪽팔리지만 기사도 나가고 우리가 이런 삽질을 한다고 세상에 공공연히 알리고 말았다. 처음에는 잘한 결정인가 싶었지만, 연재 이후로 세탁소옆집이라는 곳에 대해 더 많은 사람들에게 알리고 싶다는 작은 욕심이 생겼고, 지금으로선 후회 없다고 말할 수 있을 것 같다.

그래. 우리는 삽질을 해도 이렇게 행복하다. 실제로 폴인이나 인터뷰 기사를 보고 우리를 찾아오는 손님들도 꽤 생겼다. 대놓고 삽질하는 시대가 도래했다. 세탁소옆집의 새로운 챕터!

다 잘될 리가 전혀 없다
: 세옆 망 프로젝트

처음 맥줏집을 열면서 원대한 꿈을 가졌다. 남들이 크게는 안 된다는 소상공인 맥줏집이지만 우리만의 방법을 찾아서 비즈니스를 키우고 성공시키고, 안 된다고 한 사람들에게 '보아라, 이렇게 하면 된다.'라고 떳떳하게 말하겠다는. 그래서 우리는 나름 많이, 아니 당신이 생각하는 것 이상으로 훨씬 많은 것을 해보았다.

① 아파트 전단지 돌리기

금호동에 있는 많은 아파트에 사는 더 많은 사람들이 모두 우리 가게를 알고 맥주를 주문하고 배송한다면, 꽤 승산이 있는 비즈니스가 될 것이다. 그렇다면 세탁소옆집의 원대한 꿈을 이룰 수 있다. 이런 가설이었다. 또 가게에 오는 손님들이 본인 아파트에 광고하는 게 딱이라고 우리의 생각에 힘을 실어주었다. 보통 아파트에는 엘리베이터를 기다리면서 주민이 볼 수 있도록 공지 사항 혹은 광고를 걸어두는 보드가 있다. 손님이 그 보드에 광고를 거는 방법을 추천했고, 우리는 하기로 했다.

엄청나게 추운 겨울날 주변의 타깃 아파트들을 몇 군데 정해두고 주인장은 광고 전단지를 출력해서 아파트 관리사무소들을 다녔다. 요즘 아파트들은 관리사무소의 정식 허가를 받은 광고만 게재가 가능하고 일정 비용을 지불해야 한다. 오만 원에서 십만 원 정도로 단지의 규모에 따라서 가격이 다르게 매겨졌다. 하지만 관리사무소의 승인은 시작에 불과했다. 출력한 전단지를 들고 직접 단지 내의 모든 동을 걸어다니면서 하나하나 광고를 붙여야 했다. 수능 날 한파가 오듯이 하필이면 광고 전단지를 넣으러 가는 날은 유난히도 추웠다.

아쉽게도 숱한 멍멍이 고생은 아무런 소용이 없었다. 그 이후에 광고 전단지를 보고 왔다는 사람이 하나도 없었기 때문이다. 이게 광고 전단지의 디자인이 엉망이어서인지 광고 미디어로서 아파트 단지 내의 게시판이 의미가 없었는지는 알 길이 없다.

오히려 효과는 온라인에서 나타났다. 가게에 자주 왔던 손님이 성동구 맘 카페에 가게를 추천해주었다거나, 아파트 주민들만 사용하는 커뮤니티 게시판에서 우리 가게를 추천하는 글을 보고 왔다거나, 하는 일이 훨씬 많았다. 답은 오프라인이 아니라 온라인이었다.

② 크린토피아 고객 대상 맥주 할인 프로모션

우리는 세탁물을 찾으러 오는 사람들이 금호동에 사니 우리의 잠재 고객이라고 가정했다. 크린토피아에서 세탁물을 찾을 때 옆집인 세탁소옆집에 들러서 맥주를 사면 할인을 해주는 프로모션을 진행했다. 솔직히 전환율이 어느 정도 있을 것이라고 가정했다. 첫 번째는 옆집이니까 세탁물을 찾을 때 어느 정도 이름이 익숙하리라는 것 그리고 두 번째는 할인을 해주기 때문에 관심이 있으리라는 것. 하지만 기대 이하의 성적으로 프로모션은 힘없이 끝났다. 세탁소에 세탁물을 찾으러 오는 고객분들은 우리의 고객이 아니다. 우리가 파는 맥주에 관심이 조금도 없는 사람들에게 세탁소옆집 맥주 할인은 마치 싱글에게 아기 옷을 파는 것과 같다.

③ 그 외 망한 삽질들

맥(주)드라이브라고 맥드라이브를 패러디해서 간단하게 차를 대고 맥주를 사 가시라는 캠페인도 했다. 망했다. 텀블벅에서 사이드 허슬이라는 키워드로 같이 강연도 하고 MD 상품도 만들어서 팔자고 해서 프로젝트를 올렸다. 망했다. 후담으로 텀블벅은 귀여우면 이긴다고 한다. 우리는 귀여움과는 조금 거리가 멀긴 하다. 쿨하게 인정.

삽질은 절대 다 성공하지 않는다. 하지만 삽질 한 번에 배움 한 번은 가능하다. 삽질의 중독성은 여기에 있는 것이 아닐까. 삽질이라는 판도라의 상자를 함부로 열지 마시라. 계속하고 싶어질 것이다. 그럼에도 과거로 돌아간다면 우리는 또다시 삽질을 계속할 것이다. 아무것도 안 하면 아무 일도 안 생기니까.

Part 3.

한번 빠지면
헤어 나올 수 없는
마약 같은 공간

부티크 맥주 편집숍,
디제이 양성소, 또라이 집합소 등등
별명과 부업이 본명과 본업보다 더 많은
금리단길 멀티 컬쳐 플렉스이자
마약 같은 공간.
아직 한국에서 세탁소옆집만 한
바이브를 못 봤다.

– 세탁소옆집 음악감독
DJ 트로이

콘텐츠가
세탁소옆집의 치트키

　세탁소옆집 오픈 전, 맥주 도매상 사장님을 만났다. 납품을 요청하기 위해 이것저것 열심히 설명하는 우리 얘기를 가만히 듣던 도매상 사장님이 무겁게 입을 뗐다. 그 말 한마디가 사실 지금도 귓가에 울린다.

　"아직 늦지 않았으니 접는 게 어때요."

　이유는 간단했다. 어려운 사업이다. 도매상 입장에서야 술을 팔고 싶은 것이 당연하지만, 하지 말라고 말리고 싶다. 우리는 그분의 경고를 감사히 받아들였다. 보틀숍 운영이 쉽지 않고 비즈니스의 확장 가능성이 낮다는 사실은 충분히 알고 있었다. 맥주는 주세가 상당히 부과되어 들여오는 가격이 높고, 우리가 남길 수 있는 마진 역시 크다고 할 수 없다. 가격 구조가 좋은 비즈니스는 절대 아니다.

그만큼 쉽지 않은 소상공인 비즈니스이기에 우리의 승부처는 결국 콘텐츠였다. 콘텐츠라고 말하면 조금 낯설게 느껴질지도 모르지만 사실 그리 어려운 것이 아니다. 우리가 제공하고 싶은 콘텐츠란 맥주를 마시는 경험 자체였다. 누구나 편하게 들어와서 함께 어울리고 즐기고 싶은 맥주 슈퍼. 그래서 세탁소옆집을 단순히 맥주를 팔기만 하는 슈퍼가 아닌, '맥주 구멍가게' 혹은 '부티크 맥주 편집숍'으로 그 의미를 넓혀 포지셔닝하기로 했다. 기본적으로 맥주만 판매하는 보틀숍들은 재미가 없다. 아니, 일반 소비자들에게는 '맥주 슈퍼' 혹은 '보틀숍'이라는 개념 자체가 생소하기 때문에 아예 모르거나 관심이 낮을 확률이 꽤 높다.

우선 1차 고객인 금호동 주민들과 공감대를 형성하는 동시에, '여긴 뭐 하는 곳일까?' 하고 흥미를 갖도록 유도해보기로 했다. 손님들이 낯선 맥주를 이해하고 구매하는 데는 시간이 걸리기에, 단순히 맥주를 사고 바로 떠나는 곳이 아니라 맥주를 즐기면서, 그에 대한 새로운 지식을 배우는 하나의 커뮤니티가 되어야 했다. 그래서 기존 보틀숍 비즈니스에 우리만의 색깔을 가진 콘텐츠를 한 스푼 더하기 위한 계획들을 세우고 하나하나 행동으로 옮겼다.

그 계획 가운데 가장 먼저 꼽히는 것이 '맥주 탐색단'이다. 맥주 탐색단은 자신이 좋아하는 맥주 스타일을 찾는 테이스팅 클래스로, 손님들이 자신의 맥주 취향을 발견하게 돕는 동시에 매출과도 연결되는 이벤트였다. 4차 산업 혁명을 넘어 16차 산업에 대비하는 '블랙 미러 나잇'은 매주 금요일 밤 매장의 스크린으로 넷플릭스 인기 드라마인 〈블랙미러〉를 정주행하면서 맥주를 마시는 프로그램이었다. 이런 프로그램들은 유동적으로 생겨났다 없어지기도 했다. 그때 그때 주인장들의 여력이 닿는 대로, 아이디어가 생기는 대로 가볍게 실행에 옮기면서, 참여자의 피드백을 수용했다. 여러 사람이 부담 없이 모여 놀고 즐길 '거리'를 제공하는 것이 곧 세탁소옆집만의 문화 콘텐츠였다.

같이 할 놀거리(콘텐츠)가 생기니 자발적으로 세탁소옆집 커뮤니티가 생겨나기 시작했다. 누구나 '퇴근길에 잠깐 들를까?' 하는 기분으로 찾아오게 만들고 싶다는 우리의 바람이 이뤄진 것인지, 프로그램을 경험하면서 세탁소옆집에 익숙해진 사람들이 삼삼오오 모여들었다. 이곳이 점점 누군가의 아지트로 자리잡기 시작한 것이다.

말하면 하는 거야! 저스트 두 잇!

세탁소옆집에는 말하면 뭐든지 실행해보는 사람들이 모여 있다. 세탁소옆집 사람들과 모여 신나게 대화를 나누다가 '이것 해볼까?' 하는 이야기가 나오는 것만으로 충분하다. 주인장들 역시 남부럽지 않게 실행력이 좋은 사람들이라 괜찮다고 생각하는 순간 바로 행동에 옮긴다. '이게 돼?' 의심할 틈도 없이 이미 하고 있다. 우리는 말하면 다 현실이 되는 세옆 월드. 실행에 옮기는 걸 망설이지 않는 주인장들의 성격 때문에 모멘텀은 멈출 수 없이 계속된다. 사람들과 끊임없이 만나고 낄낄거리며 웃을 수 있는 즐거운 추억들이 계속 생겨나는 것이 바로 세탁소옆집의 매력이다.

삼겹살 맛집, 세탁소옆집?

온라인 정육점 플랫폼 '고깃간'을 공동 창업한 친구가 주인장들에게 제안했다.

"내가 진짜 고기 맛을 보게 해줄게."

"세옆에서 불로 이용할 수 있는 것은 등유 난로밖에 없는데 가능할까?"

"응, 그거면 충분해."

"오케이! 그럼 고기는 우리가 고깃간에서 주문할게."

주인장들은 고기 특히 항정살, 삼겹살을 좋아하는 세옆 친구들을 삼삼오오 모았고, 며칠 뒤 '세탁소옆집×고깃간'이라는 소소하고 유니크한 이벤트를 실행에 옮겼다. 필요한 건 등유 난로, 고깃간 사이트에서 배송된 신선한 삼겹살과 항정살, 주인장 1의 집에서 공수한 프라이팬과 그녀가 세계 곳곳을 다니며 모아둔 각종 소스가 전부였다.

맛있는 삼겹살 냄새가 가게 앞에 진동했다. 난로 위에 올려진 프라이팬은 너무나 잘 달궈졌다. 삼겹살을 삼겹살에서 나온 기름으로 튀기는 노하우까지, 고깃간 친구에게서 고수의 내공이 느껴졌다. 난로 앞에서 초롱초롱한 눈으로 끈기 있게 기다린 끝에 노릇노릇 바삭바삭 잘 구워진 고기 한 점이 입 안에 들어간 순간 얼마나 우리는 행복하고 흥이 났던지. 그날 만큼은 세탁소옆집이 삼겹살 맛집이었다.

세탁소옆집 × 9oods 프로젝트

매월 색다른 공간에 아티스트의 작품을 전시하는 '9oods 프로젝트'와 함께 세탁소옆집이 컬래버를 했다. 때마침 세탁소옆집도 맥줏집에서 있을 법한 것이 아닌 새로운 콘텐츠를 원했고, 9oods 프로젝트 팀도 이색적인 공간을 찾는 참이었다. 바야흐로 2018년 2월, 밸런타인데이와 평창올림픽 개막이 비슷하게 언저리에 붙어 있던 시기였다. 밸런타인데이 시즌인 만큼 사랑을 테마로 한 작품들을 사흘간 전시하고, 그중 딱 하루 평창올림픽을 테마로 '런드리 나잇'을 계획했다. 런드리 나잇은 뒤에 자세히 나오지만 세탁소옆집의 정기적인 디제잉 파티로 늘 재미있는 테마를 가지고 진행한다.

전시는 파격적이었다. 커다랗고 하얀 수트 커버 세 장에 빨간 물감을 앤디 워홀처럼 흩뿌려둔 작품이 세탁소옆집 쇼케이스에 걸렸다. 빨간색으로 사랑을 표현한 것인데 대담한 작품성에 우연히 보면 좀 무섭다고 생각이 들 정도였다.

혹시나 거부감이 생기지는 않을까 걱정한 것도 잠시, 전시 기간 동안 방문해준 손님들은 작품을 보고 세옆에 찾아오고 싶었다는 후기를 들려주었다. 세탁소옆집과 아티스트들의 컬래버, 거기에 손님들의 참여까지, 우리 브랜드에 새로운 색을 더한 경험이었다.

세옆 문화센터, 콤부차 선구자

한국인보다 훨씬 한국어를 잘하는 미국인 친구 제니퍼가 세탁소옆집에 놀러 왔다. 그녀는 취재차 세탁소옆집을 찾았다가, 그 후에 '사워 도우'라는 주인장의 최애 맥주를 사러 다시 방문했다. 사워 맥주 애호가라니 호감을 느끼지 않을 수가 없다. 주인장들은 신이 나서 제니퍼에게 물었다.

"신맛 맥주 좋아하세요?"

"그럼요. 저 사워한 맛 너무 좋아해요. 집에서 직접 콤부차도 만들어 먹어요."

콤부차는 마치 요거트처럼 녹차나 홍차에 유익균을 배양해 만들어 먹는 음료인데, 마침 주인장들도 그 차에 꽂혀 있었다. 감탄하며 만드는 법을 묻자 그녀는 우리에게 클래스를 열어보자고 제안했다. 안 될 이유가 없었다. 오케이,

렛츠 두 잇!

　　우리는 세옆 문화센터라는 콘셉트로 콤부차 클래스를 기획했다. 필요한 재료는 냄비, 물, 티백, 배양균인 스코비, 설탕 그리고 본인이 넣고 싶은 향 혹은 과일이었다. 제니퍼가 티백과 스코비 그리고 생강을 가져오기로 했고, 주인장들은 좋아하는 고수를 한번 넣어보기로 했다. 동네 주민들이 함께 모여 콤부차를 만들었다. 생각보다 방법이 어렵지는 않았지만 1차 발효 후 2차 발효 하는 후과정이 제법 까다로웠다. 콤부차에 대한 사랑과, 우리가 만든 것은 과연 어떤 맛일까 하는 호기심으로 열심히 만들었다. 이삼 주 지나고 첫 번째 콤부차가 탄생했다. 생각보다 맛있었다. 꺅!

훌륭한 또라이들의 플랫폼

　　세탁소옆집의 단골손님, 즉 '세옆인' 사이에는 신기한 공통점이 있다. 훌륭한 '또라이'라는 점. 오해가 생길 수 있으니 '또라이'라는 말부터 정의해보자. 여기서 또라이는 나쁜 의미가 아니니 오해하지 말아주기를 당부한다. 우리가 생각하는 또라이란 자기만의 성격과 개성이 뚜렷하면서, 톡톡 튀는 매력을 가지고 창의적인 헛소리를 잘하는 사람들을 뜻한다. 자기 인생에서 열정적이고 최선을 다하는 사람들이 대부분이고, 많은 것에 호기심과 관심을 가지는 경우가 많다.

　　세탁소옆집이 선별하는 수제 맥주 셀렉션부터 독특하고 감각적인 라벨에 흔히 발견하기 어려운 맛으로 구성되어 있다 보니, 새로운 것을 찾고 경험하기를 좋아하는 사람들이 모인다. 신기한 맛의 맥주를 찾고 즐기는 사람들의 특징은 세상이 돌아가는 데 호기심이 많고, 그 호기심을 대화로 푸는 경향이 있어 사람들과 쉽게 대화를 나누고 친해진다는 것이다. 주인장을 원래 알아서 찾아온 사람이건, 동네 주민이라 지나가다 호기심에 방문했건 세탁소옆집에 자주 오는 사람들은 우리가 생각하는 '훌륭한 또라이'라는 카테고리에 들어가는 경우가 많다.

세탁소옆집으로 한 명 한 명 모이고, 지인이 지인을 데려오고, 동네 주민들도 단골이 되다 보니 이제는 원래 알던 사이 못지않게 친해진 사람들도 늘어났다. 정신을 차려보니 훌륭한 또라이들이 잔뜩 모였고 서로 수다를 떨며 새로운 것에 대해 알고, 배우고, 더 나아가서는 실제로 비즈니스 네트워킹도 생긴 것 같다. (사실 여기까지는 모르겠다. 원래 소개팅은 해주되, 소개팅 이후 둘의 관계는 둘이 알아서 하는 것이니까. 분명한 것은 세탁소옆집이 관계의 주선자 혹은 매개체 역할을 한다는 것이다.)

세옆의 훌륭한 또라이들을 하나하나 살펴보는 것만으로 유쾌한 재미가 있다. 똑똑하고 문제 해결 능력이 뛰어나며 운동까지 잘하는 체육부 주장이자 사기캐 '인블리',

등산을 가도 평지 걷듯이 축지법을 쓰는 뛰어난 비율의 세 옆 외국인 남자 모델 1호 '에리크', 줌바 댄스로 저세상 텐션을 불러오는 체육부 여자부 주장 '요시', 모르는 것도 인맥이 안 닿는 곳도 없는 '쥬파고', 모두가 부담 없이 대하며 특히 남자들의 사랑을 한 몸에 받는 옴므파탈 '전두엽이', 치명적인 셀카 장인 '장나', 맥주를 박스로 사는 원조 큰손 '푸파'(푸드파이터), 무엇이든 친절하게 알려주는 공대 오빠 '상현', 고기는 이렇게 구워야 한다,를 보여준 고기 장인 '호규', 마루 아빠이자 금손 '세훈 님', 세옆 디제이 크루를 이끄는 음악감독 '트로이', 이제 갓 술을 마시게 된 어린 나이로 또 한 번 모두를 깜짝 놀라게 한 비현실적 비주얼의 '엘로이', 처음부터 런드리 나잇을 같이 만들어온 매력적인 디제이 '미묘', 금호동 글로벌 커플로 최근에 운동에 꽂혀서 근육을 무한 증식 중인 유쾌하고 즐거운 '영남'과 글로벌 능력자 '필립' 커플, 거의 금호점 지점장이나 다름없는 '금호동 프린스', 이사 온 첫날부터 원래 알았던 사람처럼 세옆 가족이 된 치명적인 지적 옴므파탈 '한남 요정'까지. 다들 소중한 세탁소옆집 커뮤니티의 일원이다. 이들은 단골 가게인 세탁소옆집이 주는 묘한 소속감, 항상 새롭고 유쾌한 이들을 만날 수 있다는 사실에서 인생의 활력을 얻는 것 같다. 그래서 오고 또 온다.

주인장들에게는 이런 커뮤니티가 자연스럽게 생기고 우리가 만든 브랜드를 진심으로 좋아해주는 사람들이 생겼다는 사실이 엄청난 자산이다. 이들은 자발적으로 주변에 브랜드를 알리는 홍보대사 역할까지 도맡는다. 부탁도 하지 않았는데 스스로 소문을 내준 많은 손님들과 단골들이 세탁소옆집의 성장에 정말이지 큰 역할을 해주고 있다. 소문에 소문을 타서 많은 사람들이 찾아오는 것만으로도 세탁소옆집 커뮤니티의 파워를 실감한다. 사랑합니다. 세옆인들!

세옆부심 넘치는
치명적인 매력의 MD

"세탁소옆집 체육부 티셔츠 만들어주면 매일 입을게
요!"

가게 앞 4차선 도로 뷰의 길맥 명당 자리에 사람들과
삼삼오오 앉아서 여느 날처럼 수다를 떨고 있었다. 공기는
선선하고 기분 좋은 저녁이었다. 그러던 중 누군가 다같이
티셔츠를 맞춰 입자는 제안을 했다. 가장 먼저 떠오른 것이
운동복! 그때부터 우리가 하는 운동이 무엇이 있나 헤아려
보기 시작했다. 골프, 스키, 달리기, 자전거, 스쿠버다이빙,
클라이밍, 줌바 댄스, 등산, 배드민턴, 수영, 보드……. 엄청
나게 많았다. 종목별로 패치도 붙이면 좋을 것 같다는 아이
디어도 바로 나왔지만, 이렇게 많은 종목을 다 표현하기는

쉽지 않았다. 일단 운동하면서 입을 수 있는 소재의 '세탁소옆집 체육부' 티셔츠를 만들기로 했다. 주인장들보다 먼저 티셔츠의 존재를 요구하는 세탁소옆집 단골들로 인해 처음으로 세탁소옆집 패션 비즈니스(?)가 시작되었다.

　　세탁소옆집 체육부 티셔츠는 조금은 복고적이고 키치 한 느낌을 주는 동시에 재치 있게 만들었다. 티셔츠 앞면 왼쪽에 조그맣게 '부티크 맥주숍 세탁소옆집', 뒷면에는 매우 커다랗게 '세탁소옆집 체육부'라고 적혀 있다. 지나가는 사람들의 눈길을 충분히 사로잡을 만큼 커다랗게. 세탁소옆집 체육부 티셔츠는 일부 단골, 특히 운동을 하는 친구들에게 전달되었다. 한강에서 달리기할 때, 테니스 칠 때, 클라이밍 할 때, 그들은 어디를 가든 열심히 입고 다녔다. 운동하고 맥주 마시는 우리는 새 나라의 체육부이다. 우리가 술 마시려고 운동하는 것은 비밀이다. 이런 마음을 다지면서. 사실 다들 같은 마음이리라 믿는다.

　　덕분에 티셔츠를 보고 세탁소옆집이 궁금했다며 찾아오는 손님들도 있었다. 한강에서 자꾸 '세탁소옆집 체육부' 티셔츠를 입고 달리기를 하는 사람을 봐서 매우 궁금했다고. 주인장 1도 열심히 세탁소옆집 체육부 티셔츠를 입는다. 그녀가 다니는 클라이밍장의 선생님들도 가지고 싶다고 했다. 사실 세탁소옆집이 뭔지도 모르고, 세탁소옆집을 가 본 적도 없는 사람들이 달라고 하는 것이 웃겼다.

"선생님, 세탁소옆집이 뭔지도 모르잖아요. 왜 달라고 하시는 거에요?"

"그냥 이뻐요, 문구가. 하하하."

"그럼 맨날 입으셔야 해요."

아마 주인장 1의 클라이밍 선생님이 세탁소옆집 티셔 츠를 입은 사람 중 가장 전문적인 체육인이었을 것이다. 지 금까지 세탁소옆집 체육부 티셔츠는 네 번이나 추가 제작되 어서 한정판으로 나눠주거나 판매되었다. 언젠가 가치가 올 라서 비싸게 판매될 날을 기다리면서. 샤넬 재테크인 '샤테 크'가 아닌 세옆 재테크인 '세테크'를 꿈꿔본다.

티셔츠를 원했던 것은 체육부만은 아니었다. '런드리 나잇'을 이끄는 디제이 그룹 '런드리 룸'의 티셔츠는 세탁소 옆집 체육부와는 달리 시크한 것이 콘셉트였다. 런드리 룸 인스타그램 계정은 프로필 이미지부터 업로드 게시물까지 세탁소옆집 계정과는 달리 흑백의 모노톤으로 분위기가 상 당히 다르다. 이에 맞춰 런드리 룸 티셔츠도 검정색으로 심플하게 런드리 룸 로고만 넣고 제작했다.

후디의 계절 겨울이 되자, 세탁소옆집 사람들의 또 다른 요구가 시작되었다. '우리가 돈을 낼 테니 후디를 만들어달라.' 신나게 오케이 했지만, 어떻게 디자인을 할 것인지 막막하던 참에 단골 인블리가 아이디어를 하나 투척했다. 스탠포드 대학 후디. 후디 앞에 'ST', 스탠포드의 약자로 만든 패치가 붙어 있었다. 그래, 우리는 그럼 세탁소옆집이니까 'SY', 스탠포드 패러디로 가자. 회색 후디에 'SY'를 패치로 만들어서 세옆 후디가 탄생했다. 인기가 너무 많아서 바로 재생산에 들어갔다. 패치는 별도로 만들어서 붙였는데, 크린토피아 아주머니가 옷 장사 하느냐고 물으시며 손을 보태주셨다. 세탁소옆집 후디는 정말 글로벌하게 진출했다. 사람들이 출장 가서, 해외 놀러 가서, 어디든지 가서 입고 다니며 사진을 보내주었다. 역시 제일 만만한 패션이 회색 후디인가보다.

바람막이, 과 잠바, 패딩, 세탁소옆집 레깅스 등……. 다 만들지는 못했지만 세옆 사람들이 만들어달라고 한 것은 훨씬 많다. 이러다가 우리 패션 브랜드가 되는 것은 아닐까? 말도 안 되는 꿈도 꾸어본다. 꿈꾸세옆이니까.

역사적인 '런드리 나잇'의 탄생

처음 세탁소옆집을 기획할 때부터 꿈이 하나 있었다. 가게에서 디제잉 파티를 하는 것. 세탁소옆집은 처음 기획 단계부터 아마추어 디제이들과 함께 문화를 만들어가는 공간으로 구상했다. 인테리어 역시 디제잉 파티를 고려해서 만들었다. 사실 세탁소옆집에서 가장 비싼 재산은 디제이 덱과 스피커다.

디제잉 파티 기획의 중심에는 주인장 둘뿐 아니라 지금의 디제이 미묘가 있다. 구글 스타트업 캠퍼스에서는 매달 엑싯, 즉 투자금을 회수받거나 신규 투자를 받은 스타트업을 축하하기 위해 스타트업 네트워킹 파티 'Thursday Exit Party'가 열리곤 했다. 이때 함께한 브루어리 더 부스의 팀장

(이사로 승진 후 현재 다른 회사로 이직)으로 만난 디제이 미묘는 주인장 둘과 친한 사이였고, 세탁소옆집의 첫 디제잉 파티를 만들어내는 데 동참한 개국(?) 공신이 되었다.

오픈 한 달이 지나고, 세 사람의 카톡 방에 불이 붙었다. 한 달간 살아남았다는 사실을 자축하는 기념으로 꿈에 그리던 디제잉 파티를 기획하기로 했기 때문이다. 파티 이름부터 콘셉트에 대해 서로 생각나는 헛소리를 모조리 공유했다. 우리끼리 키득키득하고 서로의 아이디어에 감탄을 연발하면서 파티는 준비되었다. 파티 이름은 세탁소옆집의 파티라는 의미에서 만장일치로 '런드리 나잇Laundry Night'이 되었다.

이름보다 더 중요한 것은 디제이였다. 사실 주인장 둘은 같이 삼 년 전에 디제잉을 배웠다. 주인장 1은 떨어지는 음감을 극복하지 못하고 실패했지만, 주인장 2는 재능을 인정받은 디제이 인재로서 '디제이 울루와투'라는 이름으로 구글 스타트업 캠퍼스의 네트워킹 파티에서 데뷔했다. 데뷔 이후 초보 디제이로서 음악을 틀고 즐길 공간이 없어 아무것도 못하고 있던 디제이 울루와투는 런드리 나잇 출연 디제이 목록의 단연 1순위였다. 디제이 미묘는 주인장 둘이 언젠가 맥주 가게를 열면 그곳에서 미뤄왔던 데뷔를 하는 것으로 약속했기에 그다음으로 목록에 올라갔다. 아마추어 디제이로서의 꿈을 가지고 디제잉을 배우기 시작한 사람은 이 둘만이 아니었다. 주인장 1의 회사 동료이자, 조용한 줄 알았지만 세상 매력과 똘기 넘치는 훌륭한 청년 트로이, 그와 함께 디제잉을 배웠던 엘로이라는 친구도 함께하기로 했다.

대망의 첫 디제이 파티 '런드리 나잇 vol. 1'은 2017년 12월 2일 개최되었다. 첫 런드리 나잇의 결과는? 기대 이상으로 흥행 대성공! 생각보다 많은 사람들이 왔고, 참여한 사람들의 열띤 호응으로 우리 모두 신나게 즐겼다. 함께한 디제이들 모두 (디제이 울루와투를 제외) 첫 데뷔 무대였음에도 흥 넘치는 참가자들과 함께 조금도 긴장하지 않고 즐기면서 성공적인 데뷔를 마쳤다. (앗, 그리고 첫 파티에 디제이 장비를 빌려준 디제이 리프레시에게도 감사의 말씀을 전하고 싶다. 첫 파티의 성공 이후 세탁소옆집 자체 장비를 구매했으나 그 첫 파티의 영광과 감동은 리프레시가 없었다면 불가능했다.)

여기서 우리는 디제잉 파티의 가능성을 보았다. 그 이후 런드리 나잇은 어엿한 세탁소옆집의 대표 이벤트로 자리 잡았다. 매월 새롭고 재미있는 테마를 정해 주인장이 파워포인트로 만드는 B급 감성 듬뿍 담은 포스터와 함께 런드리 나잇은 세옆 문화의 중심을 이루어가고 있다.

참고로 매달 열리는 런드리 나잇은 세탁소옆집 운영에도 큰 기여를 한다. 우선 소외 공포, '포모^{FOMO, Fear of Missing Out}' 때문이다. 런드리 나잇에 한 번 와서 그 매력에 빠진 손님과 참가자들은 즐거운 파티에 본인만 빠지게 되는 것이 두려워서 계속 온다. 한 번도 안 온 사람은 있지만 한 번만 온 사람은 없다는? 그런 이벤트이다. 두 번째는 세탁소옆집을 몰랐던 사람들의 호기심을 유발해서 신규 고객이 유입된다는 점 때문이다. 앞으로 4차선 도로가 넓게 트인 가게에서 파티가 열리는 밤이면 그 앞을 지나는 많은 금호동 주민들이 대체 이 동네에서 유독 핫한 이곳은 어떤 곳인지 흥미를 가지지 않을 수가 없다.

회를 거듭하며 런드리 나잇도 진화했다. '런드리 데이'라는 낮술 파티도 생긴 것이다. 런드리 나잇은 밤에 하는 파티인 반면 런드리 데이는 낮술로 시작하여 밤에 끝나는 파티이다. '다림r질 나잇', '금리단길 금광 나잇', '우주의 기운 오스카 나잇' 등 기획 취지에 따라 그 이름도 다양해졌다. 이름이 어떻든 기획할 때는 항상 빵 터지는 요소를 중점으로 아이디어를 떠올렸다. 포토숍과 일러스트레이터 같은 디자인 프로그램을 당연히 잘 못 다루는 주인장들은 키노트와 파워포인트로 어딘가 어설프지만 B급 감성 넘치는 세탁소옆집 포스터를 디자인했고, 다림r질 나잇에는 진짜 다리미를 소품으로 두거나 오스카 나잇에는 오스카 어워드 뺨치는 레드 카펫을 깔아놓고, 세탁소옆집 디제이들의 소속감을 위해 미스코리아 같은 띠를 만들어 씌워주는 등 나름 모든 요소에 심혈을 기울였다. 여러 차례 런드리 나잇을 주최하면서 가장 놀랐던 것은 주인장들 못지않은 손님들의 호응이었다. 손님들은 주인장이 준비한 소품으로, 굳이 뭔가 알려주지 않아도 창의적인 방식으로 파티를 즐기고 정말 아낌없이 놀았다.

2019년 12월 기준으로 무려 런드리 나잇은 스물세 번, 런드리 데이는 일곱 번 진행되었다. 앞으로도 끝나지 않을 런드리 나잇과 런드리 데이. 그리고 이 런드리 나잇을 이끄는 세탁소옆집 디제이들을 지켜봐주세옆!

보일러 룸이 되고픈
런드리 룸

파티에 굶주린 아마추어 디제이들에게 세탁소옆집은 맞춤형 공간이었다. 취미로 디제잉을 배우기 시작했지만, 자기 방이 아닌 무대에서 실전 경험을 쌓고 아마추어 디제이로서 활동하고 싶어 하는 사람은 많다. 이들에게는 실제 무대에 설 기회를 찾지 못하는 것이 현실이고 어려움이다. 그들에게 가장 필요한 건 내가 준비한 음악을 틀 수 있는 공간과 그 음악을 함께 즐길 수 있는 사람들이다.

매달 열리는 런드리 나잇은 오붓한 규모로 음악을 좋아하고 즐기는 사람들이 모이는 기회다. 전문적인 디제이를 향한 꿈을 시작하기 적당한 자리다. 이들은 런드리 나잇에서 지속적으로 디제잉을 하면서 본인이 키워온 실력을 실전에서 경험할 뿐 아니라, 자신의 에너지와 흥을 맘껏 분출하며 쾌감을 느낀다. 디제이로서 관객을 대하는 매너와 자신감을 높여가고 서로 음악을 플레이하는 모습을 보면서 배운다. 디제이가 갖추어야 할 중요한 스킬 중 하나가 무대가 크건 작건 관객과 소통하는 것이다. 런드리 나잇을 통해 관객과 소통하면서 믹스셋mixset 구성을 어떻게 할지, 디제이로서 필요한 매너는 무엇인지 배우고 점차 선곡하는 능력, 음악을 믹싱하는 능력, 현장에서 관객을 대하는 매너가 성숙하게 된다. 이처럼 무대에 선다는 것은 큰 경험이자 자산이다.

흥이 넘치는 즐거운 런드리 나잇을 함께 즐기면서 세탁소옆집 디제이들 간에 유대감과 공감이 생겼다. 디제이 크루들의 커뮤니티가 생겼고, 서로 배우며 정보를 공유했다. 또 본인이 아는 디제이들을 소개하기도 했다. 우리에게도 디제잉 파티에 사람들이 많이 오고 즐기는 것도 중요했지만 디제이들이 세탁소옆집 디제이 크루로서 소속감을 가지는 것도 중요했다.

그래서 탄생한 것이 세탁소옆집의 자매품 런드리 룸(@laundryroom_seoul)이다. 런드리 나잇을 함께하는 디제이 크루들을 위해 따로 만든 채널이다. 한마디로 런드리 룸은 세탁소옆집 디제이들이 소속된 서브 브랜드로 관련 이벤트를 주관한다고 생각하면 된다. 런드리 룸의 이름은 영국의 보일러 룸처럼 언젠가 유명해지고자 하는 우리의 비전을 담아 만들었다. '런드리 룸 서울'이라는 이름으로 디제이들은 점점 늘어나고 있고, 일부 디제이들은 실제 세탁소옆집의 런드리 나잇을 넘어 외부 무대로 진출하기 시작했다. 더 부스 브루어리의 이태원점뿐 아니라 광화문점에서 디제잉 하는 기회도 생겼고, 그 외에도 다양한 무대에서 실력을 키워가면서 성장하고 있다.

디제이에게는 컬래버레이션 기회가 중요하다. 같은 크루와 자주 틀기도 하지만 다른 크루와도 같이 파티를 하면서 서로 간의 예의와 컬래버 방식도 배우게 된다. 예를 들면 이렇다. 분위기를 띄우고 싶더라도 그날의 헤드라이너 디제이 전에 너무 음악을 신나게 틀면 예의가 아니다. 헤드라이너 디제이가 하이라이트를 끌어가도록 사전에 적절히 띄워주는 역할을 하는 게 좋다. 그리고 파티의 콘셉트가 있다면 거기에 충실하게 음악을 준비하는 것이 좋다. 하우스 음악을 틀기로 해놓고 갑자기 힙합을 튼다거나 하면 사전 홍보를 보시고 온 분들께 민폐를 끼치는 것이다. 다음 디제이

와 충분히 소통하는 것도 중요하다. 몇 비피엠에 마무리를 지을 것이고 어떤 노래를 마지막으로 끝을 맺을 예정인지 공유하는 것이다. 그러면 다음 디제이는 비피엠을 고려해서 곡을 어떻게 연결하지 고민해서 플레이를 한다. 디제이는 많이 틀고 다른 크루들과 이야기하면서 성장할 수 있다.

행동 대장 미묘, 트로이 덕분에 더 부스나 이태원 빌라, 카사 코로나 그리고 다른 장소에서 디제잉을 할 기회가 많아졌고 때로는 런드리 룸 크루로 때로는 개인으로 때로는 다른 크루들과 협업해서 파티를 기획하는 경우도 생겼다. 이제는 누가 디제이 소개를 부탁하면 우리 런드리 룸 크루들이 먼저 떠오를 정도다.

세옆 디제이들은 본인이 디제잉을 즐기는 것을 넘어서 후배 디제이를 양성하기도 한다. 몇몇 디제이들이 재능을 기부하여 디제잉을 가르치는 '디제이 양성소'가 2018년 시작되어 첫 기수 수강생을 받았다. 세탁소옆집 디제이 크루에 합류한 디제이 앱상스는 어릴 때 음악을 했고, 상하이에서 디제이 활동을 했을 정도로 절대음감을 자랑한다. 우리가 런드리 나잇을 한다는 것을 알고 지인이 본인 후배인 앱상스를 추천해서 세옆 디제이 크루에 조인했다. 그 당시 세옆 디제이들 중 디제이 리프레시를 제외하고는 아마 경력이 가장 길었을 것이다. 음악을 틀 때 너무 멋있으므로…… 반하지 않도록 주의해야 한다.

앱상스가 이끄는 클래스에는 두 명의 수강생이 조인했다. 디제이 유라이와 디제이 안나 카레니나. 여자 디제이가 상대적으로 많지 않아서 여자 디제이의 미래는 밝다고 생각했다. 일주일에 한 번씩 네 번, 세탁소옆집에서 열린 수업을 통해서 디제잉의 기초부터 진행했다. 디제잉은 실전이 중요하다. 그래서 두 명의 디제이들에게 데뷔 무대를 정해주는 것까지 빠지지 않았다! 세탁소옆집이 아니라 세탁소옆집 주인장 1의 회사 구글 스타트업 캠퍼스의 3주년 기념 파티였다. 열심히 준비하고 자신만의 믹스셋을 만들어서 둘 다 성공적으로 데뷔 무대를 마쳤다. 이후에도 여러 번의 클래스가 진행되었다.

세탁소옆집에서는 세옆의 자체 디제잉 크루들이 하는 런드리 나잇 이외의 번외편 디제잉 파티가 열리기도 한다. '민티드 나이트'라는 크루, '논두렁'이라는 참신한 아이디어와 이름을 가진 크루의 파티, 디제이 다방이 지인들과 주최한 믹스커피 파티, 국내 대기업 디제잉 크루의 디제잉

수업 종강 파티도 열렸다. 너무 큰 무대는 부담스럽지만 적당한 사람들 앞에서 자신의 실력과 실전 경험을 쌓아가고 싶은 디제이들에게 세탁소옆집은 좋은 공간으로 알려지고 있다. 더 많은 디제이들이 세탁소옆집을 거처가길 야망 있게 기대한다.

세탁소옆집 소속 디제이들을 소개합니다

DJ 트로이TROIII 디제이 크루 대장님, 런드리 룸의 디렉터!

DJ 미묘MIMYO 런드리 나잇을 함께 창시한 디제이, 미루고 미루다 세탁소옆집에서 데뷔 성공!

DJ 엘로이ELOY 라틴에 빠져 스페인어 열공 중인 라틴음악 러버.

DJ 리프레시LEEFRESH 제1회 런드리 나잇에 본인의 디제이 장비를 무료로 대여해주었으며 디제이 울루와투를 탄생시킨 디제이 스승.

DJ 윤대은 하우스 음악을 주로 하며 많은 세옆인 팬층을 확보하고 있음.

DJ 에임프AIMP 보기만 해도 음악을 잘 틀 수밖에 없을 것 같고 잘 틀어야만 하는 강력한 포스를 가진 디제이.

DJ 테오라[TEORA] 다양한 퍼포먼스로 사람들을 방방방 뛰게 만드는 디제이.

DJ 울트라 셋[ULTRA SET] 힙합 전문 디제이로 많은 무대 경험을 갖춘 실력파.

DJ 앱상스[ABSENCE] 신출귀몰하는 홍길동 같은 캐릭터, 음악 실력이 매우 출중하고 상하이에서도 디제이 활동을 했던 실력파. 세옆 디제이 양성소 선생님으로도 활약 중.

DJ 유라이[YURAI] **& DJ 카레니나**[KARENINA] 세옆 디제이 양성소 1기 수료생 디제이 그녀들.

DJ 젠킨스[Jenkins] 펑키한 음악을 검은색 마스크를 꼭 끼고 플레이하는 젠킨스!

DJ 플로이[Ploi] 펑키 음악을 사랑하는 플로이, 사실 젠킨스와 플로이는 세탁소옆집에서 만난 1호 커플.

DJ 샤키[SHAKI] 타키타키 아니고 샤키샤키.

DJ 나주배 디제이 데뷔를 약속하고 영국으로 떠나 아직 돌아오지 않은 미스터리 디제이.

DJ 울루와투[ULUWATU] 초보 디제이 주인장 2.

태국에서 온 우주인 알베르토,
금호동 상륙

까톡! 어느 날 금호동 동네 주민이자 단골손님이 태국 여행 중 사진을 보내왔다. "이거 어때? 세옆이랑 어울릴 것 같은데?" 우주인 모양의 풍선 인형이었다. 귀여워! 세탁소옆집의 고급진 B급 감성에 딱 맞는 모습이었다. 단골손님은 2018년 12월 31일 연말 파티에 그 인형을 가져왔다. 신기하게도 사람들은 우주인 모양의 인형과 셀카를 찍고 춤을 추면서 태국에서 온 이방인을 백 퍼센트 활용했다. 사람의 심리가 뭔가 애착이 생기면 이름을 붙여주고 싶은 마음이 드나보다. 누군가 그 파티에서 인형을 알베르토라고 불렀고 인형은 그렇게 알베르토가 되었다. 단골손님의 생각처럼 세탁소옆집에 찰떡인 캐릭터였다.

그날 이후 알베르토는 세탁소옆집의 많은 사람들에게 무한한 사랑을 받았다. 알베르토를 테마로 다양한 온라인 콘텐츠가 만들어졌다. 바람을 빵빵하게 넣으면 정신을 차리고 있는 알베르토, 바람이 빠지면 술에 취해 '술로라이프'를 즐기는 알베르토. 다양한 콘텐츠로 많은 손님들의 단골 셀카 마스코트가 되었다. 그리고 런드리 나잇의 비주얼을 세 번 이상 독차지할 정도로 매 파티마다 많은 사랑을 받았다. 오, 알베르토!

그런데 이후 이태원에서 클럽을 하는 한 지인이 가게로 찾아와서 제안했다.

"누나, 알베르토를 테마로 같이 파티해보면 어때요?"

이태원의 리빈이라는 클럽과 뮤직 레이블을 운영하고 디제이로 활동하기도 하는 친구였다. 리빈에서도 다양한 테마로 디제잉 파티를 진행하는데, 간헐적으로 하는 펑키하고 유니크한 파티 중의 하나로 세탁소옆집과 컬래버레이션을 하고 싶다는 것이었다. 런드리 룸 디제이들이 조금 더 큰 무대에서 트는 기회를 주는 것도 좋았고, 세탁소옆집의 이태원 진출도 재미있는 제안이라 생각했다. 오케이! 와이 낫!

파티 테마는 역시 알베르토. 우주인 알베르토가 한국에 정착하여 금호동을 넘어서 이태원까지 진출한다는 B급 감성을 가지고 영화 〈제5원소〉를 패러디하는 디자인으로 컬래버레이션을 진행했다.

2018년 12월 31일 금호동에 온 알베르토는 2019년 4월 이태원에 진출한다. 이태원의 핫한 리빈을 가본 사람은 알겠지만 세상 모던한 느낌의 공간이다. 산만하기로 남부럽지 않은 세탁소옆집과는 매우 상반된 공간이다. 하지만 우리는 세탁소옆집의 팝업스토어를 클럽 안에 설치하기로 결정했고 결과는 성공적이었다. 우리는 세탁소옆집의 소품을 총동원했고 때마침 태국에 출장 간 지인을 통해서 사이즈별로 알베르토 몇 명을 더 섭외하기도 했다.

이태원에서 진행된 런드리 나잇은 새로웠다. 디제이들도 본인의 음악 색보다는 행사 콘셉트와 공간에 맞게 음악을 선곡했고, 세탁소옆집보다 열 배 이상 큰 공간의 전문적인 스테이지에서 음악을 트는 멋진 경험을 했다. 런드리룸 디제이들도 한 단계 더 성장하는 계기가 되었다.

생각해보면 금호동의 단골손님이 선물한 소품 하나가 만든 나비효과는 엄청났다.

세탁소옆집 사람들
: 단골에서 현실 친구로

세탁소옆집에 오는 사람이라면 모두가 서로 어느 정도 믿고 만난다. 손님의 친구, 그 친구의 친구, 꼬리의 꼬리를 무는 커뮤니티. 손님이 단골이 되고 단골이 친구가 되는 커뮤니티. 커플도 탄생하고 뿌듯한 세탁소옆집 사람들. 가게를 이년 반 동안 운영하면서 가장 소중한 것은 역시 세탁소옆집 사람들이다.

우리는 흡사 '세탁소옆집 사람들'이라는 제목의 시트콤을 만들어가고 있는 것 같다. 손님, 주민, 알바, 가게에 오는 모든 사람들과 같이. 농담처럼 친한 영화 제작 피디에게 '맥주 가게 언니들' 혹은 '세탁소옆집 사람들'이라는 영화를 만들자고 이야기할 정도다. 매력적이고 치명적인 세탁소옆집 사람들, 사랑합니다!

옥애니 님

광고업계에서 일하며 누구보다 트렌드에 민감하고 새로운 소식에 빠르다. 그녀는 다양한 모임에서 활동하며 그중 '동네 걷기 모임'이 단연 가장 인상적이다. 멤버들과 동네 걷기를 마치고 나면 늘 세탁소옆집을 찾는다. 그녀와 대화하면 웃음이 끊이지 않는데, 처음 방문했을 때 남긴 사인만으로 그 독특한 캐릭터를 알 수 있다. 'I am normal.' 이건 누가 봐도 반어법이다. 넓은 인맥만큼 선호하는 맥주도 다양하다.

김유진 님

"아하하하하하하!" 웃음소리가 매력적인 '장화 엄마'. 사랑스러운 반려견 장화와 함께 찾아오는 단골손님이었다가, 그녀가 주인장들에게 쿨하게 선물한 위스키 한 병을 나눠 먹은 인연으로 현실 친구보다 더 두터운 친분을 쌓고 있다. 세옆 맥주 정기구독 서비스의 초창기 구독자로 VIP 고객님인 만큼 늘 신상 맥주가 그녀의 픽!

영남 & 필립

언제나 해맑게 웃는 얼굴로 "아, 씨발" 하면서 문을 여는

팜프파탈 영남과 만날 때마다 "I have a question!"을 외치는 스페인 남편 필립. 부부인 두 사람은 금호동 주민으로 우연히 런드리 나잇에 온 후 거의 가족처럼 매일 가게를 찾는다. 필립의 깜짝 생일 파티를 세옆에서 했을 정도로 가족 같은 사람들. 일도, 요리도, 운동도 즐겁게 열심히 하는 열혈 부부이다. 영남의 현재 최애 맥주는 세옆이 직접 만든 AI 맥주, 필립의 최애 알콜은 맥주가 아니라 몽키47진.

프린스

자산이 엄청나다(?)는 루머 덕분에 '금호동 프린스'라는 별명을 얻었다. 금호동 지점장이라 부를 만큼 틈틈이 세옆 금호점을 지켜주며 주인장들에게 크나큰 은혜를 베풀고 있다. 알고 보면 세탁소옆집 실세. 주인장들과 취향이 비슷해 사워 맥주를 좋아하는 그의 베스트 브루어리는 뉴욕에서 온 그림이다.

요시

Shut up and dance! 줌바 음악이 가게에 울려 퍼지면 사람들은 홀린 듯이 그녀를 따라 춤을 춘다. 요즘 흔히들 말하는 저세상 텐션이 바로 요시에게 있다. 일본인이지만 한국말을 한

국인보다 잘하고, 어느 순간 줌바에 빠지더니 줌바 강사 자격
증까지 따서 나타날 정도로 마성의 실행력을 갖췄다. 세옆 체
육부의 여자부 주장이기도 한 그녀는 만능 체육인이자 세옆의
최고 방문자이다. 운동을 즐기는 그녀의 맥주는 꿀꺽꿀꺽 시원
한 제주 펠롱에일!

전두엽

사람들이 다 본명이 전두엽인 줄 알 정도로 실명보다 별
명이 더 유명하다. 요시의 남편으로 그녀 못지않은 흥과 춤사
위를 가지고 있다. 알면 알수록 매력이 넘치며 모든 세옆 남자
들의 사랑(?)을 독차지하는 옴므파탈이다. 무엇보다 한남동 한
방 통닭집 사장님과 친해서 대기 없이 입장하는 익스프레스 패
스를 가진 진정한 능력자다. 요시와 일심동체인 그의 맥주도
제주 펠롱에일!

쥬파고

"나 왔어!" 하면서 자연스럽게 계산대로 들어가는 쥬파
고. 세상 잡다한 지식을 다 알고 있어, 무엇을 물어보든 무조건
답이 나와서 알파고의 이름을 빌려 '쥬파고'라고 부른다. 세옆

CSO로 주인장 이외에 세옆 명함을 가진 유일한 사람으로 그녀는 최고 스티커 장인Chief Sticker Officer이자, 넓은 인맥으로 새로운 손님을 데려오는 최고 세일즈 오피서Chief Sales Officer이다. 처음 보면 센 언니지만 알고 보면 세상 잘 챙기는 세심한 스타일. 그녀의 최애 맥주는 와일드비어의 '사워 도우'.

인블리

세탁소옆집 알바 1호. 첫 런드리 나잇 파티에서 자신도 모르게 카운터를 담당했던 그는 손님에게 맥주를 따주는 서비스까지 제공하면서 인기몰이를 시작했다. 세옆을 사랑방처럼 드나들면서 많은 추억을 함께했고, 세옆 체육부의 초대 회장님으로 암벽 등반, 달리기 등 체육 활동을 이끌었다. 'Say Yup' 등 태그라인을 창시한 브레인이기도 하다. 술은 의외로 이것저것 잡식성.

에리크

한국계 독일인으로 세옆의 글로벌 남자 모델을 겸하고 있다. 빡센 회사 생활 중 세옆을 알게 되어서 기뻐하다가 마침내 백수가 되어 자신의 시간을 백 퍼센트 넘치게 즐기고 있다.

세옆을 적극적으로 알리는 홍보대사이자, 세옆 체육부의 에이스이자, 세옆을 마음에 품은 에리크! 늘 환하게 웃으며 세옆 디제이들에게 맥주 한 병씩을 건네는 따뜻한 미소의 소유자! 그의 맥주 원픽은 단연코 부쿠부쿠 IPA!

장나

스타트업 대표이자 아나운서, MC 등등 팔색조인 그녀. 치명적인 셀카 촬영의 장인으로, 일명 '장나 포즈'는 세옆 공식 포즈가 되었다. "창업해도 맥주 사먹을 수 있다아!"라고 외치며 자주 놀러 와서 에너지와 흥을 전하는 해피 바이러스. 달달한 술을 좋아하는 그녀의 최애템은 꿀 맥주인 고스넬스 혹은 벨칭비버의 피넛버터 스타우트!

푸파

세탁소옆집의 원조 큰손, 맥주를 박스로 사가는 그를 위해 매장에 처음으로 레드카펫을 깔았다. 맛집 도장 깨기 전문가이자 스타트업 업계의 최고 마당발인 덕분에 주인장들 역시 인맥이 넓어지는 기분이다. 다양한 맥주를 편견 없이 마셔보고 경험하는 진정한 먹방계의 푸드파이터!

한남요정

"저 정상이에요."를 늘 외치는 그는 가장 늦게 세옆에 합류했으면서도 누구보다 활발하게 세옆 사람들과 어울리며 금방 친해지는 놀라운 캐릭터이다. 아는 것이 너무 많아서 어떤 주제이든 30분 이상 이야기하는 능력을 가졌고, 요리 장인으로서 남다른 실력을 발휘하는 등 까도 까도 끝이 없는 매력남. 그가 최근 꽂힌 맥주는 뽀할라의 비르말리제.

Part 4.

웰컴 투 세옆 월드,
삽질은 또 다른 삽질로
이어진다

삽질은
끝나지 않기 때문에
삽질이다.

– 세탁소옆집 주인장 1

한남동 진출,
현실이 되다

"그 자전거 가게 나온 것 같던데?"

어느 날 한남동에 사는 단골손님으로부터 연락이 왔다. 한남오거리를 지날 때마다 주인장들이 늘 "저기가 세옆 하기 딱 좋은 자린데." 하며 눈도장을 찍던 작은 자전거 가게가 얼마 전에 나갔다는 것이다. 연락을 받자마자 부동산 사이트를 확인했지만, 매물로 나온 것은 없었다. 무작정 그 근처 아무 부동산을 골라 전화를 걸었다. 알고 보니 자전거 가게는 리모델링 중이었을 뿐, 계속 영업할 것이라고 했다. 아쉬운 마음에 혹시 근처에 월세 저렴하게 나온 곳이 있는지 물었다.

"한남 아이파크라는 오피스텔 건물 1층 상가에 괜찮

은 게 하나 있어요."

"아, 그래요? 정확한 위치가 어딘가요?"

"세탁소 옆에 있어요."

앗, 세탁소 옆 가게라고요? 그 말을 듣자마자 웃음이 나는 동시에 이런 생각이 들었다. '이것은 운명인가? 또 다른 세탁소옆집이라니.'

2019년 세탁소옆집 이 년 차를 맞이하면서 주인장들이 한 결심은 두 가지, 그중에 하나는 맥주를 만드는 것, 그리고 나머지 하나는 책을 쓰는 것이었다. 2호점을 오픈하는 것은 전혀 염두에 두지 않았다. 그런데 이렇게 운명처럼 다가온 한남 2호점의 기운을 우리는 거스를 수 없었다.

한남동은 워낙 트렌디하기도 했고, 최근에는 점점 더 핫 플레이스로 자리잡고 있다. 예전에는 많은 연예인들이 청담동에 살았다면 요즘은 다수가 한남동으로 이사 오기도 한다. 새로운 맛집들도 점점 늘어나는 추세. 젊고 구매력 있는 1인 가구가 많이 살고 있으며, 이태원과의 접근성이 좋고, 여러 나라의 대사관들이 밀집해 있어 외국인들도 많이 거주한다.

지역적 특성에 따라 젊은 신혼부부가 많은 금호동과

는 또 다른 매력과 특성을 가진 곳이다. 가성비보다는 개인의 취향을 중시하는 음주 문화를 가진 곳이기도 했다. 2019년 4월 말 주인장 둘은 과감하게, 혹은 무모하게, 혹은 느낌 가는 대로 한남동에 2호점을 오픈하기로 결정했다. 그래, 해보지 뭐!

한남점은 금호점과는 다른 자아를 표현하기로 결정했다. 금호점은 B급 감성을 재미있고 유쾌하게 풀어낸 맥시멀한 공간이라면, 한남점은 고급지고 모던하고 미니멀한 공간으로 세탁소옆집이 가진 또 다른 감성을 표현하고 싶었다. 마치 하나의 아이돌 그룹 안에는 다양한 스타일이 있어서 사람들이 자기 취향에 따라 좋아하는 멤버를 덕질 하는 것처럼 고객들이 본인의 취향대로 가게를 선택할 수 있도록 말이다.

세탁소옆집만이 가진 고유한 정체성은 어떤 형태로든 공유되기를 원했다. 세탁소옆집의 코어 정체성으로 선택한 것은 세탁소옆집을 알리는 네온사인 간판과 세탁소옆집의 가훈(?)같은 "의미 없는 것을 잔뜩 하는 것이 인생이다." 라는 문구였다. 금호점에는 초록색의 세탁소옆집 네온사인이 있고, 한남점에는 보라색 네온사인을 만들어서 걸었다.

앤디 워홀의 팝아트를 지향한 (아무도 모른다, 우리의 예술 감각.) 금호점의 컬러풀한 포스터 대신, 진한 회색 벽에 "의미 없는 것을 잔뜩 하는 것이 인생이다."라고 하얀 글씨로 적었고, 그 바로 위에 사각형 불빛을 비추어 미니멀한 감성을 표현해보았다.

금호점의 인테리어 경험을 바탕으로 인테리어의 효율성을 높이고자 우리가 원하는 것을 정확히 말하고 그것을 구현하는 방식으로 인테리어를 진행했다. 한남점의 크기는 금호점의 여덟 평보다 반 정도 작은 네 평 반이다. 반대로 네 평 반이지만 천장이 높은 편이어서 작은 공간이 주는 답답함은 어느 정도 해소가 가능했다. 작은 평수인 데다가 중간에 기둥도 하나 있어서, 내부 구성과 레이아웃은 고민할 필요도 고민할 수도 없었기에 단순하게 결정했다.

오히려 외부는 유리고 일부는 막혀 있는 조금 희한한 구조여서 어떻게 마무리할지 고민이 생겼다. 인테리어 디자이너도 많은 리서치를 해왔다. 같이 고민을 하면서 스피크이지 바처럼 동굴같이 숨은 공간에 들어오는 느낌을 주는 콘셉트로 정했다. 이에 맞춰서 구조물을 만들기로 결정했다. 외부 건물 색상 역시 심플하게 회색으로 하고 포인트로 네온 입간판을 만들어 몽롱하면서도 왠지 다른 세상일 것 같은 느낌을 주기로 했다.

확실히 금호점과는 다른 한남점에서는 어떤 일이 생길까. 두근두근.

내 안의 두 번째 자아

위스키 와인(부티크 알콜 편집숍)

2019년 6월, 한남점 가오픈 같은 론칭 파티! 론칭 파티는 '질서와 무질서를 연결하는 엔트로피, 두 개의 자아 중 나의 자아를 찾아라.'를 콘셉트로 했다. 질서정연한 한남동과 무질서를 추구하는 금호동, 두 세계를 표현했다. 지인들, 한남 아이파크 주민들, 지나가던 사람들까지 많은 사람들이 왔고 술을 매개체로 우리는 한껏 신났다. 이때 꼭 우리에게 오는 손님이 있다. 경찰이다. 핫한 곳에 경찰 출동은 당연하고 경찰이 왔다는 말은 파티가 흥했다는 말이기도 하기에 우리는 겸허히 민원을 받아들였다.

금호점을 오픈했을 때와는 사뭇 달랐지만, 역시나 설레는 마음으로 한남점 비즈니스가 시작되었다. 와인과 위스키를 삼십 퍼센트 이상 가져가자. 우리는 한남점 오픈부터 상품 구성을 다르게 기획했다. 한남동은 금호동과는 인구구조가 상당히 다르다. 신혼부부가 주를 이루는 금호동과 달리 경제력이 있는 1인 가구가 많은 곳이다. 상대적으로 조금 젊고 라이프 스타일이나 소비 패턴도 다르다. 그래서 이곳의 상품 구성에는 이십 퍼센트는 와인, 십 내지 십오 퍼센트는 위스키를 추가하기로 했다. 솔직히 말하면 우리도 가끔은 맥주가 아닌 다른 술이 먹고 싶어진다. 와인과 위스키가 맥주 다음으로 애정하는 알콜이었다. 사심도 한 스푼 넣은 셈이다.

한남오거리 근처에는 '와인앤모어'를 비롯해 크고 작은 와인 전문점 몇 군데가 있다. 그중 강력한 경쟁자는 저렴한 와인을 판매하는 편의점! 세탁소옆집만의 경쟁력은 무엇일까 고민한 끝에 일반 전문점에서 만나기 힘든 부티크 와인과 최근 트렌드인 내추럴 와인 위주로 구성했다. 지인들을 통해서 소규모이지만 개성 있고 품질 좋은 와인을 수입하는 수입사들을 소개받아서 우리만의 라인업을 만들었다. 실제로 팔만 원 이상의 내추럴 와인, 십만 원 이상의 위스키를 망설임 없이 결제하는 고객들이 적지 않다. 경제력도 경제력이지만 원하는 것을 소비하는 데 아끼지 않는 성향 때문에 가격 저항력이 낮은 편이다.

한남점은 금호점에 비해 매장에서 술을 마시고 가는 손님의 비중이 낮은 편이다. 거주 지역이 근접해서 콘텐츠가 상대적으로 적은 것도 그 이유일 수 있겠다. 앉아서 술을 마시며 옆에 온 사람들과 자연스럽게 섞이기보다는 집에 가는 길에 혼맥을 위해서, 친구들을 초대한 홈 파티를 위해서 구매해 가는 경우가 대부분이다.

오피스텔 1층에 위치한 덕분인지 자주 찾는 단골이 늘어났다. 와인이나 위스키 등 고가의 상품을 구매하는 경우도 많아서 선결제 시 추가 포인트를 받을 수 있는 멤버십에 가입하는 고객들이 많은 편이다. 실제로 자주 오는 고객한 분은 우리에게 아주 큰 금액인 백만 원, 삼백만 원 멤버십을 제안했는데, 실제로 그 제안에 따라 새로운 멤버십을 만들기도 했다. 어떻게 될지는 지켜보자. 한남 주민들의 '술로라이프'도 세탁소옆집과 함께 진화되길!

퇴사자 알바 천국

세탁소옆집 2호점을 오픈한 후 가장 큰 고민은 현실적으로 두 지점을 어떻게 운영하는지에 대한 것이었다. 일단 주인장이 두 명이고 아르바이트로 도움을 받고 있지만 둘이 각자 한 개 지점을 맡는 것도 현실적이지는 않았다.

금호점만 운영할 때도 아르바이트 직원을 찾는 일이 꽤 있었다. 한남점은 더 많은 아르바이트 직원의 도움을 받고 있다. 특히 '퇴사자 알바 천국'이라 할 만하다. 꽤 많은 주변의 지인들이 이직을 한다. 그 과정에 필요한 것은 퇴사. 퇴사와 이직 사이에 "나 놀면서 가게 봐줄까? 재미있을 것 같아."라며 경험 삼아 알바를 해보고 싶다고 먼저 이야기해주는 친구들이 많았고, "놀면서 하루 이틀 가게 봐줄래?"라고 제안했을 때 흔쾌히 해주겠다는 친구들도 많았다. 한남점은 퇴사자의 성지처럼 많은 퇴사자 친구들이 아르바이트를 자처해주면서 가게 운영이 수월해졌다. 뿐만 아니라 동네에 사는 지인들도 경험 삼아 도움을 제안해주기도 했다. 세탁소옆집의 운영은 모두가 함께하는 품앗이 모델이 되어가는 것 같기도 하다.

　한남점에서 아르바이트를 해주는 사람들 한 명 한 명이 알고 보면 정말 대단한 인재들이다. 일단 한남동 주민으로 근처에 살고 있는 스타트업의 설립자들이다. 주인장들과 친하게 지내면서 몇 번 놀러 오다 "시간 될 때 제가 알바할게요."라며 한마디 툭 던질 때도 있다. 참고로 이런 말은 주인장들 앞에서 함부로 하면 안 된다. '말하면 다 현실이 되는 세옆 월드'이기 때문이다. 하이에나처럼 그들의 한마디 한마디 놓치지 않고 기억해둔 주인장들 덕분에 그들은 어느 순간 세탁소옆집 카운터에 앉아 있다. 사실 너무나 고맙다. 진짜 바쁜데 인맥으로 도움을 주고 심지어 많은 매출을 올려주는 그들은 하나하나 보석같이 소중한 인력이다. 마루 아빠, 잘생긴 대표님 등등 정말 사랑합니다.

　'술로라이프'를 몸소 실천하면서 친해진 국내 유명 브

루어리에서 일했던 사람들도 퇴사 시기에 적잖은 도움을 주었다. 정말 어디서도 구할 수 없는 최고급 경력직 아르바이트 직원을 고용한 셈이다. 심지어 근무 첫날, 편의점에서 노트를 사서 가게 정리에 대한 아이디어와 함께 아르바이트 일지를 적어주고 간 분도 있다. 오늘은 어떤 어떤 손님이 왔고, 분위기가 어땠는지 남겨두셨는데, 다음 날 보고 정말 감동받았다. 이분은 펍의 스토어 매니저로도 일한 경험이 있어서 역시 남다른 내공이 느껴졌다. 잠시 회사를 쉬는 동안 가능한 한 날마다 가게를 봐주셨는데, 이분의 맥주 내공과 체력은 사실 보통이 아니다.

대학교 교수님도 한남점 아르바이트 직원에 자원한 적이 있다. 학기가 끝나고 시간이 비는 틈에 재미로 해보겠다며 손을 들었다. 늘 유쾌한 데다 우아하면서도 엉뚱한 매력을 가진 교수님이었고, 넓은 인맥으로 다양한 지인들을 가게로 데려오기도 했다. 이직을 하면서 시간이 비어서 도움을 주었던 분들도 많았다. 실제 소상공인의 삶과 가게 운영을 궁금해하며 기꺼이 아르바이트를 즐겨준 고마운 친구들, 지인들이었다.

소중한 아르바이트 직원들이 없었다면 세옆도 없었

을 것이다. 주변에 혹시 퇴사자가 있다면, 아니 그냥 아르바이트에 관심 있는 사람이 있다면 언제든지 연락 주세옆! 인스타그램 DM도 환영합니다!

우리도 집시 브루어리

이 년 차를 맞이한 세탁소옆집의 원래 목표는 단순했다. 세탁소옆집의 맥주를 만드는 것. 가게를 운영하는 동안 우리가 해보고 싶었던 것, 하고 싶은 것은 다 해보자고 마음먹었는데, 그중 가장 큰 목표는 세옆 맥주 1호를 세상에 탄생시키는 것이었다!

우리는 더 많은 사람들이 새로운 맛을 경험하도록 돕고 싶다. 세탁소옆집을 운영하면서 맥주 시장에 아쉬운 점이 있다면 소비자들이 맥주의 다양성을 몰라 생각보다 즐기지 못한다는 점이다. 대부분의 사람들에게 맥주는 카스, 클라우드, 오비이고 조금 더 나아가면 편의점의 수입 맥주 네 캔 정도로 인식된다. 미켈러나 옴니폴로, 투올, 프레리 등 실험적이고 다양한 스타일을 가진 맥주는 접해본 적도 없다. 그렇다 보니 자연스럽게 맥주는 그냥 시원하게 마시는 술, 혹은 취하기에는 배부른 술 정도로 이해하는 경우도 많다. 아는 만큼 보이는 세상이기에 맥주가 가지고 있는 다양한 종류와 맛을 알지 못하고, 알지 못하기에 즐기지 못한다는 것이 아쉽다.

사실 우리도 세탁소옆집을 시작하면서 맥주에 대해 더 많이 알게 되었고 배우게 되었지, 그 전에는 보통 사람들과 다를 바 없었다. 우리가 배우고 경험한 것처럼 다양한 맥주의 맛을 많은 사람들에게 알리고 싶다는 비전이 생겼다. 이미 세상에 나와 있는 맥주를 통해서 지난 일 년간 달려왔다면 우리 스스로 새로운 맥주를 만들어 사람들에게 새로운 맥주의 경험을 주고 싶다는 욕심이 조금씩 샘솟았다.

그런데 맥주, 어떻게 만들지? 소비자로서 마시기만 했지, 공급자로서 만들어본 경험이 없는 우리들은 주변에 물어보기 시작했다. 친분이 있던 브랜드 더 부스와 이야기를 시작했다. 맥주를 만들려면 어떻게 해야 하는지, 더 부스가 우리 맥주를 만들어줄 수 있는지, 만든다면 컬래버레이션 형태인지, OEM 형태인지, 가능한 맥주는 무엇인지 등

등 궁금한 것투성이었다. 사실 더 부스는 친분도 있지만 인지도도 높은 편이고 브랜딩도 잘해서 우리가 원하는 맥주를 같이 잘 만들 수 있다고 생각했다.

알고 보니 더 부스에서는 한국에 있던 판교 브루어리를 철수하고, 모든 맥주를 미국에서 생산하고 있었다. 그러니 더 부스와 맥주를 개발하고 진행한다면 맥주는 미국 브루어리에서 생산되어 한국으로 수입해오는 구조가 되는 셈이다. 이 경우 두 가지 문제가 있었다.

첫 번째는 최소 주문 수량이었다. 수입을 할 경우 최소 한 팔레트를 채울 양을 수입해야 했는데, 그 수량이 정확히 삼만 병이다. 우리가 유통하기에는 엄청나게 많은 양이었다. 천이백오십 상자의 맥주를 유통한다면, 우리가 하고 있는 소매 판매로는 절대 불가한 양이고 한국은 온라인 맥주 판매가 안 되기에 세탁소옆집의 현재 유통 채널을 통해서 다 소진할 수 있을지 우려되었다.

두 번째 문제는 수입 과정이었다. 더 부스가 제조한 맥주를 한국으로 수입하는 구조가 되면 소매업 외에 수입업으로서 수입사 라이선스가 추가로 필요했다. 수입사가 되기 위한 조건에 세탁소옆집은 부족했고, 추가 재고 공간

확보도 어려웠다. 두어 달을 고민하고 거듭 의논했지만 현
실적인 어려움들로 더 부스와는 진행을 하지 않기로 했다.
그렇다면 다음 옵션은 무엇일까. 바로 집시 브루어리 모델
이었다.

　　우리가 좋아하는 브루어리들은 대부분 집시 브루어
리이다. 집시 브루어리의 가장 큰 특징은 창의적인 레시피
를 연구하는 데에만 핵심 역량을 집중시키고, 제조는 외부
의 양조장을 통해 진행하는 것이다. 물론 외부 양조장의 실
력은 맥주의 퀄리티를 좌우하므로 신중한 선택이 필요하다.
북유럽 대부분의 맥주들이 벨기에의 양조장에서 제조되는
것이 그 이유다. 세탁소옆집 역시 집시 브루어리의 방식으
로 맥주를 만들기로 결정했다. 우리는 세탁소옆집의 색깔이
잔뜩 담긴 맥주 레시피를 개발하고 양조장과의 제조 협업으
로 맥주를 생산하는 집시 브루어리가 되자! 언젠가 옴니폴
로와의 컬래버를 꿈꾸며!

세옆의 정체성은 사워 맥주지!

세탁소옆집의 첫 번째 맥주는 그럼 어떤 맥주여야 할까? 많은 사람들의 반대에도 사워 맥주를 세탁소옆집의 첫 번째 맥주로 선택했다.

사워 맥주는 대중적이지 않기에 팔리지 않을 거라는 걱정은 당연하다. 치맥에 라거를 좋아하는 한국 사람들에게 사워 맥주라니. 이건 새로워도 너무 새로웠고, 사업적으로 큰 위험 부담이 있는 선택이긴 했다. 주인장도 현실을 알기에 살짝 흔들렸지만, 아무리 생각해도 세탁소옆집의 정체성은 사워 맥주에 있었다. 주인장 둘 다 사워 맥주를 좋아해서 세탁소옆집을 시작했고, 사람들에게 보다 다양한 맛을 알리고자 시작한 맥주 비즈니스인데, 대중적인 맛의 맥주를 만드는 건 세탁소옆집의 방향과 맞지 않았다.

주인장들은 구글 스타트업 캠퍼스의 첫 입주사 중에 '데이블'이라는 스타트업의 이사님과 친하게 지냈다. 어느날 이사님이 친구들을 데리고 세탁소옆집에 왔다. 그중 한 친구는 콤부차를 만드는 회사에 다니고 있었는데, 바야흐로 주인장 둘 모두 해외에서 맛보았던 콤부차 맛에 미쳐 있던 시기였다. 우리가 직접 콤부차를 만들어볼 정도로 콤부차에 대한 열정이 높았다. 그런데 콤부차 만드는 회사에 다닌다니! 흥분한 주인장들은 많은 이야기를 나눴고, 그는 우리를 남양주에 위치한 콤부차 공장으로 초대해주었다. 알고 보니 콤부차 회사의 대표는 브루마스터로 세계적인 브루어이자 맥주의 장인이었다. 공장에서 콤부차뿐 아니라 우리가 좋아하는 사워 맥주에 대해서도 많은 이야기를 듣고 정보도 교환했다. 그렇게 브루어와의 인연이 시작되었다.

주인장이 맥주를 만들겠다고 결정했다는 소식을 듣고 브루어 님은 선뜻 도와주겠다고 나섰다. 사워 맥주를 좋아하는 사람이 많지 않아서 동질감을 느끼셨던 것일까. 가게에 와서 같이 맥주에 대한 논의를 시작했다. 사워 맥주도 알고 보면 그 세계가 무궁무진하다. 와인에도 말벡처럼 묵직한 느낌이 있고 가벼우면서 음용성 있는 쇼비뇽 와인 스타일도 있듯이, 사워 맥주에도 몇 년을 자연 발효시킨 쿰쿰한 맛의 람빅, 묵직하면서 소금이 들어가 짭짤한 느낌이 나는 고제, 무겁지 않으면서 다양한 신맛을 자유롭게 풍기는 베를리너 바이세 등이 있다. 우리의 사워 맥주는 어떤 맛으로 할까. 즐거운 고민이 시작되었다.

아예 하루 날을 잡고 다 같이 세탁소옆집에 둘러앉았다. 브루어와 함께 맛있게 마셨던 퀄리티와 완성도가 있는 사워 맥주들을 다시 마시며, 혹은 그 맛을 떠올리면서 세탁소옆집이 원하는 스타일을 찾아갔다. 블랙커런트를 주재료로 해서 과일 맛이 있어 사워 맥주를 처음 접하는 초보자가 먹기에도 큰 부담은 없는 (물론 약간 놀람 주의는 요구된다.) 스타일로 우리의 첫 맥주를 결정했다.

오케이! 브루어는 세탁소옆집 주인장들과 상의한 내용을 바탕으로 레시피를 만들어주었다. 그리고 맥주 레시피를 현실화해 맥주로 탄생시켜줄 브루어리도 소개해주었다. 부산에 위치한 와일드 웨이브 브루어리. 와일드 웨이브 브루어리는 주인장이 좋아하는 '설레임'이라는 사워 맥주를 만든 브루어리였다. 참고로 '설레임'이라는 맥주는 감히 국

내에서 가장 유명한 사워 맥주라고 해도 과언이 아니다. 와일드 웨이브 브루어리 자체도 사워 맥주를 자신의 차별화 포인트로 삼고 있을 정도여서 세탁소옆집에게는 정말 최고의 선택이었다. 우리는 감사히 소개를 받고 맥주 양조를 진행하기로 했다. 와일드 웨이브 측에서도 흔쾌히 세탁소옆집과 협업하여 맥주를 제조하기로 했다.

아, 정말 우리 전생에 나라를 구했나. 왜 이렇게 많은 사람이 도와주는 것일까. 모두에게 감사한 마음으로 순탄하게 맥주 제작 프로젝트는 진행되었다.

한국의 미켈러를 꿈꾼다,
나중에 그가 우리를 찾아오리라

　　맥주는 종합예술이다. 브랜딩과 라벨을 통해 보여지는 시각적인 감각으로 먼저 다가간다. 그리고 그 시각적인 감각과 조화되는 맥주라는 액체 알콜 그 자체가 주는 미각과 후각과 촉각으로 마무리된다. 심하게 취하면 감각까지 마비시키지만. 여기서는 그 전까지만 이야기하자.

　　주인장들은 브랜딩과 라벨을 맥주의 맛과 연결하고 싶었다. 맥주를 부산에서 공수해 왔고 같이 마시면서 나오는 반응들을 참고하기로 했다. 처음 맛본 우리의 맥주는 생각보다 농축된 느낌이 강해, 묵직한 질감을 가졌고, 색상은 와인처럼 진한 자줏빛을 띠었다. 같이 맥주를 마셔본 손님이 한마디 했다. "이거 착즙 같은데요?" 우리 모두 웃음을 터

트리며 동의했다. 세탁소옆집이 항상 추구해온 유머 코드나 감성과도 어울리는 이름이라 생각했고, '착즙 알콜 맥주'로 이름을 정했다.

역시 이렇게 쉽게 끝나면 비현실적이다. 우리는 식약청에서 '착즙'이라는 단어를 맥주 이름에 사용하면 안 된다는 통보를 받았다. 다시 고민에 빠졌다. 세탁소옆집의 정체성이자 유머 코드로 사용하던 'AI(알코홀릭 인텔리전스)'를 맥주 이름에 넣기로 결정하고, '신Sour' 맥주라는 의미와 새로운 형식의 '신新' 맥주라는 의미를 중의적으로 표현하고자 '신기한'을 앞에 붙여 최종적으로 '신기한 AI 맥주'로 결정했다. 다행히 식약청에서 허가를 내주었고, 맥주 이름으로 최종 결정되었다.

"저희는 외모지상주의예요." 주인장들이 농담처럼 세탁소옆집에 방문한 사람들에게 하는 이야기이다. 그런데 틀린 말이 아니다. 맥주 중에 정말 감각적이고 멋진 라벨을 가진 맥주들이 많다. 라벨과 브랜딩에 신경 쓰는 브루어리들은 당연히 맛에도 신경을 쓴다. 그래서 라벨까지 신경 쓴 맥주는 보통 높은 퀄리티의 맥주라고 보면 된다.

세탁소옆집의 맥주 라벨 역시 브랜딩을 위해서 심혈

을 기울인 것 중 하나이다. 일단 라벨부터 사람들 눈에 잘 띄게 세탁소옆집의 색깔을 담아 디자인하고 싶었다. 한국적인 감성의 뻔한 디자인은 피하고, 키치 하면서 즐거운 이미지를 원했다. 색감도 독특해서 많은 맥주 사이에서도 눈에 띌 수 있기를 원했다. 또 한 번의 지인 찬스를 써서 부업으로 재미있는 프로젝트들을 하는 디자이너 장쥬노 님을 소개받았다. 장쥬노 님은 맥주를 사랑하고 심지어 금호동 주민이었다. 우리가 원하는 일러스트를 슥슥 그려내는 능력자였고, 친절하게 우리의 말도 안 되는 헛소리를 귀 기울여 들으면서 도움을 주셨다.

디자이너와 여러 번의 맥주 라벨 콘셉트 미팅을 통해서, 사워 맥주를 처음 마실 때 느끼는 감각을 시리즈로 만들어보면 재미있겠다고 결론 내렸다. '신기한 AI 맥주'를 마시면 첫째로 눈이 번쩍 뜨이고, 둘째로 미각을 포함한 온몸의 감각이 살아나며, 셋째로 온몸으로 에너지가 전달되는 경험을 한다는 의미를 담아 세 가지 맥주 라벨을 만들었다. 맛은 모두 동일한데 골라 먹는 재미를 더했다. 지금은 취향의 시대이니까. 주인장들의 고민으로 작업이 조금 늦어졌지만 맥주 라벨 디자인은 지난 6월에 드디어 완성되었다.

세옆 1호 맥주,
크라우드펀딩 오픈
여섯 시간 만에 완판!

막상 맥주가 나오면 어떻게 팔 것인가. 세탁소옆집은 소매상이라 당장 활용 가능한 유통 경로가 많지 않았다. 처잘 모르는 브랜드에서 만든 처음 보는 맥주를 누가 구매하고 마셔볼까? 크라우드펀딩이 답이었다.

크라우드펀딩 플랫폼은 새로운 제품을 만드는 제조사들이 일반 소비자들에게 상품성을 테스트해볼 수 있고, 마케팅적인 측면에서도 홍보 효과가 크기 때문에 많은 인기를 얻고 있다. 특히 대중적으로 널리 알려지지 않은, 인지도가 없는 브랜드의 경우에도 제품이 가진 특성을 잘 어필한다면 얼리어답터의 성향을 가진 크라우드 플랫폼 소비자들의 선택을 받을 수 있다. 외국에는 '킥스타터', 우리나라에는

'와디즈'가 가장 유명한 플랫폼이다. 우리는 와디즈를 첫 번째 유통 채널로 선택했다.

딱 한 가지 걱정되는 점이 있었다. 대부분의 크라우드 펀딩은 온라인 구매 후 배송이 이루어진다. 그러나 맥주는 온라인 배송이 되지 않는다. 예외적으로 음식을 주로 하고 맥주가 부수적으로 배송되는 음식 큐레이션의 형식으로 할 경우에는 가능했다. 와디즈에서도 가능했던 것으로 알고 있었고, 법적으로 문제가 되지 않는 것을 알고 있었기에 음식과 함께 배송하는 옵션을 생각했다.

와디즈에서 음식 큐레이션을 통해 맥주 배송을 진행했었던 '벨루가'를 지인을 통해 소개받았고 배송 가능성에 대해 의견을 듣고자 연락을 취했다. 앗, 하지만 안타깝게도 벨루가에서 돌아온 대답은 충격적이었다. 최근 법이 더 엄격해지면서 맥주가 포함된 배송 자체가 다 쟁점이 되어서, 벨루가가 소비자를 대상으로 하는 정기 구독 서비스 자체를 중단할 예정이라는 이야기였다. 인생이 계획대로 흘러가면 재미없지. 주인장들은 다시 문제 해결 모드로 들어갔다.

와디즈를 통한 온라인 배송 역시 우리가 선택할 수 없는 옵션이 되는 것인가. 결국 자체 웹사이트를 만들어서 온라인 홍보를 하고 오프라인으로 판매를 할지, 아니면 도매로 바꿔서 B2B 유통에 주력할지 유통 전략 전체에 대한 고민으로 돌아가야 했다.

두 주인장은 많은 고민과 토론을 한 끝에 와디즈가 가진 홍보 효과를 버리기는 힘들다는 결론을 내렸다. 와디즈를 이용할 방법을 찾자. 온라인 배송이 불법이라면, 그것을 과감하게 포기하고 오프라인 매장 픽업으로 진행하되, 우리 맥주를 홍보하기 위해서 와디즈 채널은 활용하는 것으로 하자. 와디즈 측에서도 오프라인 매장 방문은 불법이 아니며, 본인들도 해본 적은 없지만 테스트해보자고 했다. 오케이, 렛츠 고!

와디즈에 올릴 홍보 콘텐츠를 작성하면서 우리는 세탁소옆집의 이야기를 써나갔다. 우리가 누구인지, 세탁소옆집은 왜 만들었는지, 세탁소옆집이 왜 맥주를 만드는지. 하지만 와디즈에서 받은 첫 번째 피드백은 상당히 신선하고 객관적이었다.

"사람들은 제품이 궁금하고 제품이 사고 싶어서 오는 것입니다. 세탁소옆집을 아무도 모릅니다. 그러니 세탁소옆집이 좋아서 제품을 사는 게 아니에요. 제품을 좀 더 많이 부각시키고 이미지가 중요하니 제품 사진도 많이 찍어서 추가해주세요."

그랬다. 세탁소옆집을 모르는 사람들에게 우리는 중요하지 않았다. 우리가 파는 '제품'이 궁금할 뿐이었다. 우리가 간과한 부분을 와디즈에서 잘 지적해주었다. 그 과정에서 와디즈 측에서 지속적으로 이야기한 것은 제품 사진이었다. 와디즈의 특성상 새로운 제품을 사는 소비자들이 많고, 이들은 제품 실물을 보지 못하고 온라인에서 정보만 보고 사는 것이기 때문에 가능한 한 그들이 궁금해할 모든 것에 대한 설명과 시각적으로 어필하는 사진이 필요하다는 것이었다.

그래. 그러면 제품 사진을 전문적으로 찍자. 나름의 거금을 들여서 맥주 제품 사진을 전문 사진가와 함께 촬영했다. 스튜디오에서 예쁘게 병들을 배치해서 찍고 우리가 만든 라벨이 잘 나올 수 있게 컬러감을 살려가며 작업했다. 만족스러운 결과물이 나왔고, 이 정도면 될 거라고 생각하며 와디즈에 다량의 이미지들을 보냈다. 그런데 또 예상치 못한 답변을 받았다. 제품 사진이 부족하다는 것이다. 부족하다고? 우리가 놓친 부분이 하나 더 있었다. 맥주병이 곧 제품이라고 생각했던 것과 달리 소비자 입장에서 제품이란 맥주 그 자체였다. 맥주병은 사실 맥주라는 제품을 담고 있는 포장일 뿐, 실제 맥주의 색상, 질감, 탄산감, 맛 등이 진짜 '제품'이었다. 띵! 머리를 세게 한 방 얻어맞은 기분이었다. 얼리 버드의 성향이 강한 와디즈 고객들은 제품에 대한 궁금증이 해결되지 않거나 제품 자체가 매력 있지 않으면 구매를 하지 않는다고 했다. 특히 맥주와 같은 음식에는 구체적인 맛에 대한 궁금증이 많다는 것을 알게 되었다.

당연한 것인데, 우리가 오랫동안 맥주 판매자의 입장에 있었기에 기본적인 시각을 놓쳤던 것이다. 결국 맥주의 맛과 질감을 직접 눈으로 보여주기 위해 맥주를 잔에 따르는 영상을 추가 제작했고, 생생한 카피들로 그 매력을 표현하고자 했다. 와디즈에 올릴 홍보 콘텐츠를 개발하면서 정말 많은 것을 배웠다.

홍보 콘텐츠 초안 단계에서는 오로지 우리 입장에서 세탁소옆집이 무엇인지, 세탁소옆집이 왜 맥주를 만들었는지를 강조했다면, 최종안에서는 제품이 무엇인지, 어떤 맛이 나는지에 구체적인 설명을 중심에 두는 것으로 완전히 환골탈태했다. 소비자 입장에서 생각해보는, 특히 맥주를 좋아하는 맥덕이 아닌 대중의 시각에서 사워 맥주를 바라본 기회였다.

론칭 여섯 시간 만에 마감 신화!

모든 준비를 마치고 드디어, 드디어! 와디즈 오픈의 날이 다가왔다. 많이 떨렸다. 실제로 우리가 만든 제품을 세상에 선보이는 첫 경험은 무척 설레었다. 물론 걱정도 되었다.

2019년 9월 21일 오후 2시. 오픈 시각.

오픈 당일 하필 주인장 1은 회사에서 랩톱과 핸드폰을 거의 사용할 수 없는 워크숍을 하는 날이었고, 때마침 오픈 시각인 2시부터 핸드폰은 물론 랩톱도 전혀 사용할 수 없었다. 궁금했지만 어쩔 수 없었다. 두어 시간이 지나고 쉬는 시간. 두근거리는 마음으로 카톡을 봤는데 엄청난 수의 카톡이 와 있었다. "앗 벌써 백 퍼센트." "거의 마감되고 몇 개 안 남았어요." 등 좋은 소식들이 수십 통 들어와 있었다. 기쁘면서 믿기지 않아서 사이트에서 직접 확인했다. 정말이었다. 우리의 펀딩 프로젝트는 오픈한 지 약 여섯 시간 만인 저녁 8시쯤 천칠백 퍼센트의 성공률을 기록하면서 마무리되었고, 맥주는 완판되었다.

이건 정말 새로운 기분이었다. 가슴이 벅차올랐다. 우리가 무언가를 창조해냈고, 그것이 이렇게 시장에서 순식간에 팔려버린 경험은 꽤나 짜릿했다. 사워 맥주를 만들기를 잘했구나. 한편으로는 재고의 부담이 사라졌다는 안도감까지 만감이 교차하는 순간이었다. 물론 많은 지인들이 펀딩에 참여해서 도움을 주었지만 실제로 와디즈를 통해 세탁소 옆집을 믿고 구매한 사람들이 있다는 점도 감동이었다. 자신의 아이디어가 실체가 되어 나타나는 엄청나게 중독성 높은 경험을 하고 말았다.

스토리텔링의 중요성 역시 정말 크게 배웠다. 스토리부터 사진까지, 와디즈의 냉철한 피드백으로 소비자가 가려운 곳을 긁어주는 스토리로 바꾼 덕분에 펀딩은 삼십 분 만에 백 퍼센트 달성, 여섯 시간 만에 완판 신화를 달성했다!

'신기한 AI 맥주' 후기

사워 에일은 처음 들어보고 처음 마셔봐요. 맛있어요! 생각보다 산미도 세지 않고 복분자주 같기도 해요!

-와인 수입사 대표

와인을 주로 마셔서 이런 맥주가 있는지 전혀 몰랐어요! 맥주의 새로운 세계를 경험했어요.

-수제 맥주 입문자

사워 맥주 입문자에게 딱이에요! 쉽고 가볍게 마실 수 있는 매력적인 맥주였어요.

-세탁소옆집 단골손님

처음엔 한 모금만 마시려고 했는데 그 자리에서 다 마셔버렸어요. 감동입니다.♥

-맥주 전문가

세탁소옆집이 던진 작은 돌

와디즈 크라우드펀딩 경험이 우리에게 깨우쳐준 것
은 정말 많지만 세 개만 꼽는다면, 사워 맥주의 시장성, 오프
라인 매장 픽업권의 가능성, 그리고 집시 브루어리 비즈니
스의 가능성이라고 할 수 있다.

우선, 사워 맥주의 시장성을 확인했다. 처음 우리가
어떤 맥주를 할까 고민했던 시점으로 돌아가보면, 세옆의
정체성이 사워 맥주임을 알고 있었지만, 솔직히 까놓고 말
하면 우리도 조금 두려웠다. 세탁소옆집의 시작과 역사를
돌이켜보면 사워 맥주를 우리의 첫 번째 맥주로 하는 것은
당연한 선택이었다. 그럼에도 우리 역시 마니아층이 두터운
이 맥주의 대중성에 대해 확신하기 쉽지 않았다. 재고에 대

한 걱정도 되었다. 하지만, 지금 생각해보면 잘한 결정이라는 생각이 든다. 쉽게 볼 수 있고 많은 브루어리들이 이미 만들었고 만들고 있는 IPA나 에일이 아닌 사워 맥주이기에 오히려 사람들이 우리 프로젝트에 관심을 가졌다고 생각한다.

사워 맥주의 대중성을 크게 느낀 것은 일반 소비자들의 후기 덕분이었다. 주인장 1이 요가를 배우면서 알게 된 지인들에게 선물로 맥주를 주었는데, 사워 맥주를 난생처음 맛본 친구들이었다. 맥주 마니아는 더더구나 아니었고. 그런데 마시자마자 카톡으로 연락이 왔다.

"윤민 님, 이거 대박인데요! 완전 맛있어요!"

"와인 같은데 맥주. 넘 좋아요! 이거 대박, 마트에서 파시면 안 돼요?"

그 외에도 대중적인 취향을 가진 사람들이 세탁소옆집 맥주를 마시고 아주 긍정적인 반응을 보이는 것을 보니 주인장들도 자신감이 생겼다. 그래, 사워 맥주도 대중화될 수 있겠는데?

업계에서도 우리가 사워 맥주를 첫 맥주로 만들었다는 것이 커다란 맥주 업계에 작은 돌멩이를 던진 것이라고 믿는다. 사워 맥주는 보통 맥주 시장 변방에 있었고, 대중들은 이 변방에 있는 돌연변이를 알지 못했다. 맥주는 꿀꺽꿀꺽 혹은 홉홉홉 한 느낌의 IPA라는 고정관념을 깨고 맥주의 신세계를 전했다. 맥주를 생산하는 브루어리들은 늘 '사워는 안 돼, 대중적인 맥주를 만들어야지.'라고 했는데 첫 번째 맥주를 겁도 없이 사워 맥주로 만들다니. 이건 아무도 하지 않은 도전이었다.

또 한 가지 우리가 최초로 도전한 것은 온라인 배송이 아니라 현장 픽업권이다. 온라인 배송이 되지 않음에도 단시간 내에 온라인 판매가 마감된 것을 본 업계 사람들이 세탁소옆집을 통해서 온라인 판매의 가능성을 보았다고 이야기해주었다. 마지막으로 집시 브루어리의 가능성을 보았다. 무언가 새로운 것을 세상에 내놓고 그것이 작지만 변화를 만들어간다는 것은 매우 짜릿하다. 새로운 맥주를 소개하면서 사람들이 우리를 통해서 무언가를 알아가는 경험을 하게 되었다. 이건 정말 어떤 것과도 바꿀 수 없는 짜릿함, 흥분됨, 극도의 아드레날린을 만들어내는 일이었다.

세탁소옆집이 던진 작은 돌. 이것으로 변화가 일어날지는 모르지만 이렇게 새로운 것을 원하는 사람들에게 새로운 맛을 알리는 집시 브루어리로서 다양한 맥주를 개발하고, 맥주 시장의 선구자로서 포지셔닝하는 것이 앞으로 세탁소옆집이 나아가야 할 방향이라는 생각이 들었다. 물론 좀 더 다듬어야겠지만. 지켜보자. 우리의 행보를……. 우리도 모르지만 뭔가 신나고 즐거운 여정이 될 거라는 느낌이 드는 것은 왜일까?

Say Yup World

Part 5.

지능적 알콜 섭취를 위한
맥주 투어

삽질에도 정보가 필요하다.
삽질의 고도화를 위한
빅데이터 수집은 필수다.

– 세탁소옆집 주인장 2

삽질 고도화를 위한
알콜 빅데이터 확보

'세상은 아는 만큼 보인다.' '아는 것이 힘이다.' 누구나 한 번쯤 들어봤을 말! 말! 말! 하지만 우리는 다르다. 마셔본 만큼 보인다. 누구나 보틀숍에 들어갔을 때 모르는 술들 사이에서 내가 먹어본 술을 발견했을 때의 기쁨을 알 것이다. 나 저거 알아! 마셔봤어! 사실 세탁소옆집은 '알콜 편집숍'으로 포지셔닝했기 때문에 주인장이 다양한 주류를 접하고 마셔보면서 경험하는 건 당연하다.

이미 느끼셨겠지만 사실 데이터 확보를 명분으로 여기저기 맥주 투어를 다니는 것은, 사심을 채우고 라인업을 늘리는 두 가지 목적을 충당하려는 소상공인의 소소한 자기계발의 계획 정도라고 이해해주시면 된다. 책에서 본 것 말고 우리가 느끼고 경험하고 들은 내용을 손님들과 공유하고 싶었다. 이게 바로 말로만 듣던 산 교육 아닌가!

사실 테이스팅을 하다 보면 세 종류에서 다섯 종류 정도가 넘어간 시점에 그 맛이 그 맛이 되어버리는 경험을 하게 되는데, 그중에서도 특출한 아이들만 세탁소옆집에 업어온다. 세탁소옆집을 운영하는 주인장의 애정으로 판단한다면 가히 대단하다고 볼 수 있다. 그래서 우리는 손님들에게 이렇게 말한다. 이 선택된 아이들은 우리의 간으로 증명한, 특별히 선택받은 아이들이라고. 선택받은 아이들을 구하기 위해 우리는 또 떠난다. 궁금한 것이 많아서 휴가가 아닌 유학이라는 가명을 쓰고 마셔본 만큼 보인다는 속담을 증명하기 위해!

홍콩으로 떠난
맥주 비즈니스 트립

한국에 유통되는 맥주는 한정적이다. 생각보다 수입사들이 많지 않기 때문에 맥주 보틀숍을 운영해보면 짧은 시간에 한국에 유통되는 맥주를 모두 알 수 있다. 손님들도 해외에서 경험한 맥주들을 추천해주는데 한국에 없는 경우도 많았다. 주인장 둘은 갈증이 생기기 시작했다. 더 다양한 맥주를 경험해보고 싶었다.

우리가 수입사가 되어서 원하는 브루어리들을 찾고 직접 접촉해서 해당 브루어리의 맥주를 들여오는 방법이 있을 수도 있었다. 하지만 이럴 경우 맥주 한 종류당 많은 수량을 수입해야 해서 맥주의 종류 자체를 늘리고 싶은 우리의 목적과 딱 맞는 옵션은 아니었다. 도매상과 상의하니, 각 브루어리마다 개별적으로 연락해서 수입하는 것보다 오히려 맥주를 다양하게 수입하는 해외의 도매상을 통해서 원하는 맥주를 골라서 다품종 소량으로 한국으로 수입하는 것을 권했다.

더불어 홍콩에는 한국보다 훨씬 많은 맥주가 유통되고 있다고 알려주었다. 홍콩은 주세가 40도 이상의 하드 리큐어 류에만 붙어 와인과 맥주에는 주세를 매기지 않는다. 그래서 와인과 맥주를 좋아하는 사람이라면 홍콩으로 여행을 많이 간다고. 또 여러 국적의 외국인들이 많이 사는 도시인 만큼 그 수요를 충족시키기 위해서 맥주나 와인의 종류가 정말 다양하다고 들었다.

주인장들은 과감히 휴가계를 내고 홍콩으로 향했다. 아는 네트워크를 최대한 활용했다. 외국에 있는 지인들에게 물어물어 홍콩의 유명한 브루어리와 맥줏집들의 리스트를 손에 넣었다. '홍콩 브루어리'라는 홍콩의 유명한 로컬 브루어리의 창립자를 소개받기도 했다. 그들은 흔쾌히 우리를 위해 시간을 내주었다.

홍콩 브루어리 투어도 할 수 있었을 뿐 아니라 새롭게 론칭 예정인 맥주를 맛보는 기회도 가졌다. 그리고 본격적으로 그들의 브루어리 맥주뿐 아니라 홍콩에 유통되는 맥주에 대한 이야기, 한국 수입 절차와 방법에 대한 이야기도 나누었다. 결론은 '가능하다.'였다. 그리고 그들이 도움도 줄 수 있다고 했다.

2박 3일 동안 최근 홍콩에서 핫하다는 보틀숍, 브루어리, 펍 등을 두루두루 방문했다. 보틀숍에는 역시나 우리가 가진 것보다 훨씬 다양한 맥주가 있었다. 아, 우리도 이렇게 다양했으면 좋겠다. 다양한 맥주를 맛보고 그들의 비즈니스를 경험하며, 주인장들의 머릿속 맥주 리스트도, 세탁소옆집에 대한 욕심도 한층 넓어졌다.

귀국 후에는 현실적인 고민을 시작했다. 맥주 수입사로서의 비즈니스 확장이 필요한 것인지, 그것이 우리 세탁소옆집이 추구하는 것인지 고민했다. 수입사를 할 경우, 물론 법적으로 수입사 라이선스도 필요했지만 한 번에 주문해서 들여와야 하는 양이 기본 일 톤으로 매우 많았다. 결국 맥주 소매 유통에서 도매 유통이라는 비즈니스의 전환이 아직 우리가 회사를 다니면서 시도하기에는 어렵다는 결론을 내렸다.

세탁소옆집을 사이드 허슬로 운영하는 상황에서 무

리하게 도전할 규모의 비즈니스는 아니라는 현실적인 이유
였다. 비즈니스에 대한 욕심은 컸지만, 수입사라는 옵션은
포기하기로 했다.

맥주의 '신'세계를 경험하는
도쿄의 미켈러 맥주 축제

　　미켈러는 주인장 둘을 '신' 맥주에 눈을 뜨게 한 주인공인 맥주 브루어리 이름이다. 주인장 둘과 친한 맥주 업계 지인이 2018년 9월 미켈러가 아시아 최초로 미켈러 비어 셀리브레이션 페스티벌을 도쿄에서 열기로 했다는 정보를 주었다. 같이 가보자는 권유까지.

　　미켈러의 가장 큰 맥주 페스티벌은 미켈러 비어 셀리브레이션 코펜하겐^{MBCC}으로 늘 미켈러의 본고장인 덴마크 코펜하겐에서 열려왔다. 이 페스티벌은 북유럽에서 가장 크게 열리는 맥주 페스티벌로 전세계에서 인정받은 백 곳 이상의 유명 브루어리들만이 참가 가능하여 수많은 맥덕이 모이는 유명한 페스티벌로 알려져 있다. 2018년 9월 작은 규모지만 아시아에서는 처음으로 미켈러 비어 셀리브레이션 도쿄^{MBCT}가 열리게 된 것이다.

페스티벌 시기는 마침 추석 연휴쯤이었고 미켈러를 사랑하는 주인장들은 당장 가보기로 결정했다. 미켈러 이외에도 우리가 좋아하는 브루어리들이 많이 오는 축제라서 너무 설렜다. MBCT는 야외에서 진행되었고, 날씨도 맥주 마시기에 딱 좋았다.

페스티벌은 이틀 동안 진행되며 하루에 두 세션씩 이틀간 총 네 개의 세션으로 이루어진다. 하루 중 첫 번째 세션은 오전 10시부터 오후 2시까지 네 시간 진행되고, 이후 두 시간 휴식을 취한 후 오후 4시부터 8시까지 오후 세션이 네 시간 진행된다. 페스티벌에 입장을 하면 작은 미켈러 잔을 하나 주는데 이 잔은 페스티벌 동안 계속 가지고 돌아다니면서 맥주를 마시는 잔이다. 이틀 동안 우리의 술이 담기는 단짝이 되는 것이다. 게다가 잔은 꽤 예뻐서 소장 가치가 매우 높다.

페스티벌은 그야말로 '신'맥주 천국이었다. 주인장이 좋아하는 사워 맥주가 트렌드인지, 대부분의 브루어리가 사워 맥주를 가지고 있었고, 주인장들은 정말 세상의 모든

'신'세계를 다 경험했고, 혓바닥이 쪼그라들 정도로 사워 맥주를 많이 마셨다. 사워 맥주 외에도 정말 다양한 종류의 맥주도 많이 마셨다. 모든 맥주가 맛있었다. 온도, 맛, 어느 것 하나 놓칠 수 없었다. 우리는 마시면서 배우는 것이니까! 특히나 우리가 깨달은 것 하나. 맥주가 정말 신선했다. 온도가 생명이었다.

맥주 페스티벌에 가면 늘 특히나 인기 있는 브루어리들이 있기 마련이다. MBCT도 예외는 아니었다. 옴니폴로, 미켈러, 보케레이더Bokkereyder 등 인기 있는 브루어리 앞에는 줄을 서야 했다. 오래 기다리면 삼십 분도 걸렸지만 우리는 즐겁고 설레는 마음으로 맥주를 마시고 또 마셨다. 특히 옴니폴로는 언급하지 않을 수 없다. 옴니폴로는 스웨덴 집시 브루어리로 맛은 물론 라벨이 창의적이고 예뻐서 주인장 둘 다 팬인 브루어리였다. 길게 늘어선 줄임에도 옴니폴로를 향한 우리의 사랑으로 기다렸다. 그리고 우리 손에 쥐어진 맥주. 생초콜릿이 얹어져서 나오는 스타우트였다. 와, 생초콜릿이라니. 주인장들은 한 입 마시자마자 거의 동시에 외쳤다. 이건 인생 스타우트다. 또 놀랐던 것은 옴니폴로 부스에서 맥주를 따라주던 직원이었다. 직원마저 어쩜 이렇게 힙하고 멋질 수 있는 건가? 역시 스웨덴 사람은 모두가 아름답구나. 다시 한번 감동했다.

　　페스티벌 참가자들도 하나같이 유쾌하고 즐거웠다. 우연히 노르웨이 사람들과 한 테이블에 같이 앉게 되었고, 이런저런 이야기를 하면서 친구가 되었다. 처음에 그들이 가지고 다니는 지도와 맥주 리스트를 보고 페스티벌 스태프가 아닐까 생각할 정도였다. 그들은 이 페스티벌에 참가하기 위해 노르웨이에서부터 일본까지 온 맥덕 그룹이었다. 매년 MBCC를 가는 것은 기본이고, 일본에서 처음 열린다고 해서 놓칠 수 없어서 또 왔다고 한다. 맥주를 그냥 마시는 것 아니라 맥주별로 향, 맛, 색깔을 다 따지고, 서로 맛있고 새로운 맥주를 추천해주는 진정한 맥덕의 포스를 팍팍 풍기는 친구들이었다. 신선했다. 맥주를 공부하듯이 메모하고 줄 치고 별표 달면서 마시다니. 맥주를 정말 사랑하고 즐기는 게 느껴졌다. 우리는 절대 비할 바가 못 되었다.

　　둘째 날의 오후 세션. 이틀간의 무제한 맥주로 술기운이 많이 올라왔다. 하지만 이 세션이 마지막이라는 마음이 들어 주인장들은 영혼까지 끌어내어 더 열정적으로 마셨다. 물론 적당히 알딸딸한 기분이 좋았다. 그때 마침 옆에 앉아 있던 노르웨이 친구 한 명이 우리가 옴니폴로를 좋아한다고 했던 걸 기억하고는 저쪽에 옴니폴로 설립자가 있다고 알려주었다. 옴니폴로 설립자를 스웨덴도 아닌 도쿄에서 실제로 만나다니! 그 사실만으로 환호라도 지를 만큼 신이 났다. 우리는 그가 혹시나 사라질까 봐 정말 열심히 달려갔다. 헉, 가서 보니 어제 우리가 옴니폴로 직원이라고 생각했던 사람이 바로 설립자 헤노크Henok였다. 이럴 수가. 특히 주인장 2의 얼굴이 엄청 빨개졌다. 정말 팬심으로 따라다니던 아이돌을 만난 것 같은 표정이었다. 물론 기회를 놓칠세라 인증 사진도 찍었고, 우리가 한국에서 세탁소옆집을 운영하며 옴니폴로도 판매하는 진정한 팬이라고 이야기했다. 한국에 오면 꼭 방문하라고 당부하며 인스타그램 친구도 맺었다. 주인장 2는 말했다. "아, 팬심이 이런 것인가." 중딩 이후로 처음 느끼는 감동이란다. 성덕이 된 것이다. 하하.

MBCT는 세션마다 네 가지 팔찌가 있었다. 골드 팔찌는 잔도 다르고 남들보다 삼십 분 일찍 들어갈 수 있다. 골드 팔찌, 즉 좀 더 레벨 높은 맥덕들이 선택하는 맥주를 보면 어떤 브루어리가 뜨는지, 어떤 맥주가 인기가 많은지를 알 수 있다. MBCT의 경우에는 야외에서 진행되었기 때문에 그게 훤히 보였다. 최근에는 보케레이더(이름 외우는 데 정말 오래 걸렸다.)가 람빅계 신맛 맥주의 혜성처럼 나타난 천재들이라고 했다. 그래서 세션마다 정말 순식간에 동이 났다. 꼭 한 모금이라도 마시고 싶어서 문이 열리자마자 뛰어들어 간 끝에 성공! 맛을 설명하자면, 삼십 년 묵힌 쿰쿰하지만 부담스럽지 않은 신맛과 거기서 나오는 위가 뚫리는 듯한 쾌감(?)이라고나 할까? 왜 맥덕들이 줄을 서서 마시면서 맛있다고 감탄하는지 알 수 있었다. 도장을 또 하나 깬 듯한 쾌감! 아자!

MBCT가 잊지 못할 경험이어서 2019년에는 원조 격인 MBCC를 꼭 가기로 결심하며 한국으로 돌아왔다.

휴가계를 내고 떠난
유럽 맥주 유학

MBCT의 여운이 가시고 2019년 5월 초, 주인장들은 마침내 유럽 맥주 투어를 떠났다. MBCC 기간에 맞춰 우리가 아주 좋아하는 유럽의 브루어리들을 가보는 맥주 투어 기획이었다. 큰 마음 먹고 약 이 주간의 일정으로 떠나보기로 했다. 맥덕이기에 개인적인 욕심도 당연히 있지만, 세탁소옆집을 하면서 맥주에 대한 시각을 더 넓히고 싶다는 마음이 점점 커졌던 것이 이번 기획의 출발점이었다.

세상에 맥주는 많다. 정말 많다. 게다가 알면 알수록 매력 있다. 세탁소옆집을 하면서 우리는 그 광활한 맥주의 세계에 빠져들었다. 알면 알수록 더 알고 싶고 공부하고 싶고 마시고 싶어진다. 뿐만 아니라 우리가 좋아하는 브루어리가 있는 나라의 맥주 생태계도 궁금해졌다. 사람들이 대체 맥주를 얼마나 마시고, 맥주를 어떻게 즐기는지, 어떤 문화가 있기에 이런 맥주들이 만들어질 수 있는지도 궁금했다. 야심 차게 유럽 맥주 투어의 목적지를 고르기 시작했다.

MBCC가 열리는 덴마크 코펜하겐은 당연했고 주인장이 애정하는 옴니폴로 브루어리의 본고장인 스웨덴의 스톡홀름, 그리고 뽀할라가 있는 에스토니아 탈린까지 고민 없이 정했다. 세탁소옆집을 하면서 많이 판매했고, 가장 맛있게 마셨기 때문에 늘 꼭 한번 가고 싶은 브루어리들이었다.

사워 맥주의 성지인 벨기에도 추가했다. 동선상 약간 애매했지만 사워 맥주 람빅의 성지인 만큼 다양한 전통적인 사워 맥주 브루어리들이 있는 데다, 수도원 맥주도 유명하고 전통적으로 맥주에 자부심을 가진 나라였기에 빼놓을 수 없었다.

주인장 둘은 같이 여행을 많이 다닌다. 우리는 여행을 떠날 때, 처음과 마지막에 방문할 도시를 정한 후 만나서 비행기표를 구매하고 일정의 큰 방향만 잡고 현지에 가서 상황에 맞게 즐긴다.

언제나처럼 둘은 그렇게 떠났다.

사워 맥주와 수도원 맥주,
맥주 강국 벨기에

첫 나라는 벨기에. 오래간만에 온 유럽 여행에 들뜬 마음으로 벨기에 공항에 도착했다. 밤 10시경 도착. 약간 늦은 시간이어서 렌터카 회사가 닫을 수도 있었기에 비행기에서 내리자마자 주인장 둘은 재빨리 분업에 착수했다. 운전을 할 수 있는 주인장 1이 먼저 렌터카 회사로 가고, 주인장 2가 짐을 찾아 나오기로 했다. 다행히 렌터카 회사가 닫지 않아서, 무사히 차를 찾고 정신도 찾아가며 벨기에 수도인 브뤼셀에서 삼십 분가량 떨어진 곳에 위치한 첫 번째 숙소에 도착했다. 늦은 시간이라 피곤하지만, 맥주 투어의 첫날 맥주 한잔은 해야지. 우리는 첫날을 기념하며 호텔 냉장고에 있는 스텔라와 쥬필레 맥주 한 잔씩을 마셨다. 역시 피곤할 땐 필스너지! (청량감이 있으면서 차게 마시면 딱이다.) 주인장들은 캬! 감탄을 연발하면서 목을 축였다.

다음 날 일정은 매우 바빴다. 사워 맥주의 성지이자 람빅의 고장인 벨기에인 만큼 벨기에에는 여러 브루어리가 있는데, 여기저기 흩어져 있기 때문이다. 주인장 1과 2는 맥주 투어를 떠나기 전에 지인들뿐만 아니라, 벨기에인 지인이 소개해준 현지 맥덕 친구로부터 꽤 많은 추천 리스트를 수집해두었다. 미리미리 지도를 보고 대략적인 루트를 결정하고 왔지만 다시 한번 경로를 설정하고 아침 일찍 숙소를 나서기로 했다.

첫째 날, 실수를 두려워 않는 세옆 정신 발휘

숙소에서 체크아웃을 하는데 호텔 로비에서 사워 맥주 람빅과 괴즈를 제법 크게 판매하는 것이 눈에 띄었다. 신이 난 주인장들은 주인 아주머니에게 혹시 추천하는 브루어리가 있는지 물었다. 주인 아주머니는 동양 여자 둘이 사워 맥주를 알고 물어보는 것이 신기했는지 동네마다 로컬 사워 맥주 브루어리도 많이 있다고 이야기해주시면서 본인이 가지고 있는 람빅 맥주 하나를 선뜻 선물로 주셨다. 앗! 이런

횡재가! 우리는 감사한 마음으로 맥주를 들고 첫 목적지인 '린데만스Lindemans'를 찾아 나섰다.

린데만스는 우리가 좋아하는 람빅과 괴즈 맥주가 나오는 브랜드로 꽤 규모가 큰 편이다. 부푼 마음으로 도착했다. 오, 드디어! 그런데 우리가 약간 간과했던 것이 있었다. 한국은 브루어리를 가면 대부분 바로 옆에 맥주 펍이 있다. 그런데 린데만스는 정해진 시간 동안에만 투어가 가능하고, 작은 숍만 있었던 것이다. 즉흥적인 여행을 선호하는 주인장 둘은 당연히 예약하지 않았는데 아쉽게도 투어는 사전 예약만 가능했고, 결국 한국에 수입되지 않는 맥주만 사고 나와야 했다. 아쉬운 마음이 컸지만 그날 구입한 맥주는 미켈러와 린데만스가 협업으로 제작한 '스폰탄 바질' 시리즈로, 정말 구하기 힘들기 때문에 이것만으로도 충분히 뿌듯했다. 하지만 너무 소중해서 아직까지 마시지 못하고 냉장고에 있다는. 하하.

다음으로 간 곳은 괴즈를 많이 생산하는 '분Boon' 브루어리였다. 그런데 이곳 역시 정말 맥주를 생산만 하는 브루어리였다. 심지어 리셉션도 없어서 누군가에게 물어볼 수도 없었다. 난감해하다 사무실을 찾아갔는데, 물류로 제품을 외부로 보내는 곳이었다. 아쉽지만 세옆에서 마셔봐서 괜찮다고 마음을 달래며 다음 장소를 향해 고고고!

세 번째 장소는 동선상 가까워서 방문한 로컬 브루어리 '비트캅 파테르Witkap Pater'였다. 주인장 1의 벨기에 친구가 추천한 곳이었다. 귀여운 수도사가 그려진 라벨에, 벨기에 전통 스타일 에일을 생산하는 브루어리였다. 그런데 맥주 투어에 불운이 따르는 것인지 투어가 불가능한 양조장이었고, 작은 숍만 있었다. 일단 운전을 해야 하니 괜찮다고 마음을 달래며 추천받은 맥주를 몇 병 사서 나왔다.

벨기에에는 많게는 천 종류 이상의 맥주를 가지고 있는 펍들이 꽤 있다. 그중에 친구가 추천한 브루게라는 도시에 있는 한 펍을 들르기로 했다. 전통적으로 매우 유명한 맥주 펍인 '브룩스비어트예Brugsbeertje'였다. 조금 산만한 분위기가 세탁소옆집 금호점과 약간 비슷한 느낌도 있었다. 이곳에서 아까 마시지 못했던 분 브루어리의 괴즈와 시폰Siphon이라는 현지 맥주로 목을 축였다. 정말이지 벨기에스러운 맛이었다. 벨기에 맥주는 특유의 보리의 깊은 맛을 잘 구현한다. 수도원 맥주의 경우에는 맥아의 캐릭터를 도수에 맞게 잘 살렸다고나 할까?

괴즈는 화이트와인을 지하 깊숙한 곳에 몇십 년 묵히다가 탄산과 신맛이 폭발할 때 마시는 느낌? 괴즈의 고장에서 마시니 지하 속 신맛을 깊게 만들어주는 자연 효모와 교감하는 느낌이었다. 역사를 이렇게 느끼다니 술이 취했나 아니면 그냥 좋은 건가. 개인적인 의견이지만 시쫀 맥주는 특별하지 않았다. 주인장들은 서로 눈빛 교환을 하며, 벨기에에서는 람빅, 괴즈 아니면 수도원 맥주라는 걸 확인했다.

두 번째 숙소가 있는 앤트워프로 향했다. 주인장 2는 영국에서 유학 생활을 하면서 앤트워프에서 패션쇼를 하는 친구를 도와주러 온 적이 있었다. 앤트워프는 전세계적으로 유명한 패션의 도시이고 드리스 반 노튼Dreis van Noten 등 유명 패션 디자이너들도 많이 탄생했다.

앤트워프에서는 꼭 가야 할 곳이 있었다. 한국과 벨기에 맥덕들이 입을 모아 추천했던 '카페 쿨미네이터Cafe Kulminator'이다. 가게 앞에 도착했는데, 가게 문이 열리지 않았다. 안을 들여다보니 가게 안에는 분명히 술을 마시고 있는 사람들이 보였다. 아, 또다시 불운이 찾아온 것인가. 주인장들은 어리둥절해하면서 힘으로 해결하려 했다. 문을 있는 힘껏 잡아당겼다. 그때 마침 가게 앞을 지나가는 커플이 있었다. 알고 보니 그들도 가게에 온 손님이었고, 약간은 익숙한 듯 벨을 찾아 눌렀다. 벨을 누르자, 가게 문이 벌컥 열리더니 주인장 할아버지가 "What's a problem?(뭐가 문제야?)" 하며 엄청 화를 내며 밖으로 나왔다. 우리는 약간 놀랐지만, 티를 내지 않으려 애를 쓰며 들어가고 싶다고 했다.

　눈치를 보며 가게 안에 들어서니 설렜다. 가게 내부는 세월의 흔적이 고스란히 묻어나 아주 낡고 전통을 오랫동안 간직해온 느낌이 들었고, 쿰쿰한 수도원 맥주 특유의 냄새와 함께 지난 세월이 주는 카리스마와 독특한 아우라가 풍겼다. 상당히 뭔지 모르게 벨기에스러웠다. (덴마크나 북유럽 펍들의 경우 무언가 실험적이고 모던한 데 반해, 벨기에는 오랜 전통을 기반으로 한 맥주나 브루어리가 많은 느낌이다.)

　손님으로 꽉 차 있는 가게에서 우리는 빈자리를 간신히 찾아 앉았다. 그런데 아무도 우리를 신경 쓰지 않았다. 메뉴를 가져다주는 사람도 없었고, 시스템을 이해하지 못한 우리들은 어리바리한 관광객처럼 꽤 한참을 멀뚱히 앉아 있었다. 우리에게 도움을 주고 같이 들어온 커플도 처음에는 서로 대화를 나누면서 메뉴판을 기다리다가 남자가 카운터 쪽으로 갔다. 그가 주인 할아버지와 부부처럼 보이는 할머니한테 가서 말을 거니 할머니는 성경책같이 두꺼운 메뉴판을 던져주었다. 한국으로 치면 욕쟁이 할머니 콘셉트라 하겠다. 커플은 메뉴를 보고 원하는 것을 시키는 눈치였다. 그리고 우리에게 보라며 전달해주었다. 메뉴 책이 손에 들어왔지만 그 압도적인 두께를 보고 차마 다 읽을 자신이 없어졌다. 우리는 벽에 추천 메뉴로 추측되는 맥주들 중에 하나씩을 우선 골라서 첫 잔을 마셨다.

트라피스트(수도원) 맥주가 이렇게 맛있었나? 한국에서 먹었던 그 수도원 맥주 맞아? 사실 주인장들은 트라피스트 맥주의 팬은 아니었다. 하지만 장소가 주는 분위기와 아우라 때문인지, 주변에 트라피스트 맥주를 즐기는 사람들 때문인지, 주인장들은 눈을 동그랗게 뜨고 동시에 "트라피스트 맥주 좋은데!"를 외쳤다.

예상했겠지만 이 가게는 전통 있는 트라피스트 맥주 전문점이었다. 알 만한 사람들은 다 알 것이다. 그 명성에 걸맞게 가게가 구비하고 있는 트라피스트 맥주는 정말 셀 수 없이 많았다. 가게 안의 손님들은 먼지가 수북이 쌓이고 오래된 맥주를 소중하게 즐기고 있었다. 빈티지 와인을 소중히 다루는 것과 비슷한 것 아닐까. 같이 들어온 이들은 러시아 커플로 남자는 글로벌 맥주 회사를 다니는, 맥주에 일가견이 있는 맥주 덕후였다. 트라피스트의 세계에서 어리바리하는 우리들을 보더니 친절하게 이런저런 맥주가 유명하고, 어떤 맥주가 정말 찾기 힘든 한정판이라며 알려주었다. 그러고는 이 가게가 찾기 힘든 빈티지 한정판을 가지고 있어서 유명하다며 자기는 몇 번이나 왔다고 했다.

그의 설명에 매료된 우리는 지갑을 열기 시작했다. 두 번째 잔으로는 '베스트블레테렌 12$^{Westvleteren 12}$' 맥주를 선택했다. 특별히 2011년 빈티지로 시켜보았다. 먼지가 뽀얗게 쌓여 빈티지 매력이 물씬한 맥주병이 우리 눈앞에 도착했다. 기대하는 마음으로 한 모금 들이켰다. "오! 완전 맛있다!"라는 말이 절로 나왔다. 수도원 맥주의 진하고 깊은 맛이 부드럽게 착 감겼고, 도수는 높았지만 달콤하게도 느껴졌다. 수도원 맥주들은 묵혀두고 먹는다는 것에도 놀랐다. 카페 쿨미네이터도 주인 할아버지와 할머니가 처음에는 와인 가게를 하다가 우연히 묵힌 맥주의 맛에 푹 빠져서 시작됐다고 한다. 유통기한 따위 신경 쓰지 않고 오래되면서 병 안에서 다시 한 번 일어나는 발효가 큰 탄산 방울을 나노 단위로 쪼개어 수도원 맥주의 굵직한 맛과 조화를 나누는 데 깜짝 놀랐다. 와,

이래서 발효하는구나. 한국에서 못 마셔본 정말 특이한 맛이었다. 삼십 년 된 장맛을 보는 느낌이랄까? 누구나 아는 맛인데 정말 다른 맛!

맥주를 즐기는 와중에 대만에서 온 맥주 덕후들로 추정되는 한 그룹이 가게로 들어왔다. 그들은 유명한 수도원 맥주 중 하나인 '시메이 블루Chimay Blue'를 십 년 간격의 빈티지로 여섯 병을 시켜 하나하나 따면서 그 맛을 비교하며 음미하기 시작했다. 그들은 연신 와아, 탄성을 질렀고, 사진을 열심히 찍으면서 그 순간을 기록했다. 그 여섯 병의 라벨만으로도 정말 역사를 보여주는 박물관 전시물 같았다. 우리도 덩달아 신이 났다. 아, 좋구나! 기분 좋게 취해간다.

둘째 날, 사워 맥주는 역시 진리야!

다음 날 우리는 유명한 '3 폰테인3 Fonteinen' 브루어리를 첫 목적지로 정했다. 마치 미국의 와이너리에 온 느낌이 드는 곳이었다. 숍의 시스템도 잘 정리되어 있었고, 규모도 상당했다. 특히 미국 관광객으로 보이는 한 무리가 정말 와이너리에서 와인 시음하듯이 이곳의 빈티지들을 스타일별로 테이스팅해보는 모습이 인상적이었다. 3 폰테인은 한국에서도 잘 알려져 있는데, 가장 고품질의 사워 맥주를 생산하는 브루어리다. 역시나 깔끔하면서 콤콤한 청량감으로 감기는 맛이 좋았다. 신기한 점은 블렌딩이다. 이곳은 삼 년된 람빅과 일 년이나 반년 정도 된 괴즈를 섞은 블렌딩을 추천한다. 식초를 좋아하면 알 수도 있지만, 식초는 사실 단독으로 마시지 못하기 때문에 물이나 어린 식초를 섞어서 마시기 좋게 만드는데 이와 같은 이치라고 생각했다. 또 열심히 신맛을 꿀꺽꿀꺽하며 원샷! 아, 신난다!

벨기에의 마지막 종착역인 브뤼셀로 향했다. 인기 관광지라 좀 꺼려지기도 했지만 벨기에 친구들 모두가 추천했기에 핑크 코끼리로 유명한 데릴리움 펍에 들렀다. 마치 거리 자체가 데릴리움 거리처럼 귀여웠다. 세탁소옆집 맥주 셀렉션에서도 빠지지 않는 데릴리움. 맥주가 너무 맛있는 나머지 환각 증세처럼 코끼리가 핑크색으로 보인다는 전설의 데릴리움 트레멘스 생맥주를 주문하고 세상이 핑크빛으로 변하는 알딸딸함을 경험하며 우리는 또 마시러 전진했다. 이제 이 맛이 저 맛인가 저 맛이 이 맛인가 헷갈리는 단계에 도달했기 때문에 정신을 똑바로 차리고 앞길이 창창하게 맥주를 마셔야 하니, 과음은 하지 않기로 했다.

결론. 벨기에는 정말 람빅의 고장이다. 신 맥주를 혀가 쪼그라들 정도로 많이 먹고, 수도원 맥주를 마시고 알딸딸하기에 가장 좋은 곳! 전통이 보존되어 맥주의 쩐내가 밴 펍들이 즐비한 곳으로 벨기에만의 전통적인 맥주 감성을 느낄 수 있다.

미켈러를 영접하러 코펜하겐으로

다음 목적지는 이번 여행의 하이라이트인 미켈러를 영접하기 위한 덴마크였다. 코펜하겐 공항에 도착하자마자 우리를 반긴 것은 공항에 있는 미켈러 팝업 숍이었다. 오, 이건 심상치 않은데? 뭐 눈에는 뭐만 보인다고. 미켈러의 나라에 오긴 왔나보다! 신난다!

이제야 이야기하지만, 여행 전 주인장들은 비행기표는 다 예약하고 정작 MBCC 티켓 구매를 소홀히 하다가 떠나기 직전까지 구매하지 못했다. 하핫. 티켓에 여유가 많길래 방심하고 있다가 티켓을 사러 들어갔는데 모든 티켓이 매진! 헉. 우리는 인맥을 다시 총동원했다. 미켈러와 친한 한국의 브루어리인 더 부스에 일하는 지인들부터 지난번 도쿄에서 만났던 노르웨이 친구들까지 혹시 주변에 티켓을 구할 수 있는 방법이 없는지 수소문했다. 노력 끝에 노르웨이 친구로부터 취소 티켓을 한 장 구매, 티켓 교환 플랫폼에서 또 한 장을 구매하는 데 성공했다. 약간의 삽질로 우리의 여행에 긴장감과 즐거움이 더해졌다.

드디어 기대하고 기대하던 코펜하겐에서의 첫날. 아직 페스티벌 하루 전날이어서 우리는 열심히 짐을 챙겨 나와 미켈러 매장들 도장 깨기를 시작했다. 코펜하겐에 와서 주인장들은 미켈러가 맥주 비즈니스뿐 아니라 다양한 식음료 사업을 한다는 사실에 놀랐다. 일본 라면 가게, 스페인 타코집 등등 다양한 종류의 레스토랑을 운영 중이었다. 우선 미켈러 라면집으로 갔다. 그곳은 이미 MBCC의 축제 분위기가 만연했다. MBCC 스페셜 맥주뿐 아니라 기념 티셔츠를 입은 사람들로 넘쳐났다. 오오오! 드디어! 축제가 다가오는구나! 마구 설레기 시작했다.

미켈러는 매년 MBCC 한정판 맥주를 만든다. 이번에는 베를리너 바이세 스타일의 칼라만시가 들어간 맥주를 출시했다. 캬악! 칼라만시의 시큼함이 라면을 먹기 전에 식욕을 왕성하게 올려주는 역할을 하겠구나 싶었다. 베를리너 바이세는 사워 맥주 스타일 중 하나이고 16세기에 북쪽의 독일 지방에서 밀맥주를 변형하면서 나타났다. 굉장히 유명했던 스타일이고 시큼하지만 깔끔한 바디감이 특징이다. 칼라만시나 블루베리, 라즈베리 등 각종 과일과 결합한 스타일이 많이 출시되는 편이다.

코펜하겐에는 네 곳의 미켈러 맥주 숍이 있고, 호기심 넘치는 주인장들은 당연히 한 곳도 빼지 않고 모두 가보기로 했다. MBCC 축제를 기념해 가게마다 게스트 탭(한정 메뉴)과 하우스 탭(고정 메뉴)이 아주 훌륭하게 조화를 이루고 있었다. 어디서든 추천 메뉴는 옳은 법! 어떤 맥주가 여기서만 마실 수 있는 맥주냐고 물어보고 완성도 높은 맥주 두 가지를 추천받았다. 마실 때마다 감동하는 맛. 아, 천국이구나. 다양한 맥주에 둘러싸여 오로지 '맥주'라는 세계 안에 있는 기분이라고 해야 할까? 흥분 상태로 주인장들은 알코홀릭 지능을 향상시키고자 열심히 마셨고 모든 것이 다 아름다운 맛이었다.

덴마크에서 유명한 브루어리 중 빼먹을 수 없는 브루어리가 하나 더 있다. 투올이다. 미켈러의 제자였다가 독립한 토비아스Tobias와 토레Tore가 만든 투올 역시 주인장들이 엄청나게 사랑하는 맥주 브루어리이다. 투올에서 운영하는 '브루스BRUS 펍'을 이날의 마지막 정착지로 정했다. 미켈러 맥주 바들이 하나같이 톡톡 튀고 즐거운 분위기인 반면 매우 모던하고 깔끔한 곳이었다. 규모도 훨씬 컸다. 재미있게도 김치가 들어간 메뉴가 있었고, 때마침 태극기가 그려진 재킷을 입은 외국인이 가게에 들어왔다. 낯선 나라지만 결코 낯설지 않은 느낌이 들었다.

MBCC 첫날,
맥덕의 기본 자세를 배우다

아침부터 주인장들은 부지런히 MBCC가 열리는 곳으로 떠났다. MBCC는 도쿄와 같이 오전 한 세션, 오후 한 세션이 있고, 세션별로 다른 맥주들을 선보인다. 백 곳 이상의 브루어리가 모이고, 각 세션별로 두세 종류의 맥주를 선보이니, 마음만 먹는다면 천 가지 이상의 맥주를 맛볼 수 있는 행사다.

아침 10시에 도착했는데, 이미 많은 사람들이 있었다. 나름 맥덕이라 자부했던 주인장들은 새삼 겸손해지지 않을 수 없었다. 축제를 찾은 사람들 하나하나가 대단했다. 저마다 공부하는 듯한 열정으로 맥주를 탐구했다. 각자 자기만의 방법으로 맛을 하나하나 표시하고 서로 평점을 매기는 모습도 흔하게 볼 수 있었다. 이런 모습도 흥미로웠지만, 유럽은 문화적으로도 맥주를 다양하게 접해서 사람들이 각자 자기가 뭘 좋아하는지 자세하게 아는 것이 인상적이었다. 단순히 사워 맥주가 좋다고 하는 것이 아니라 소금 맛이 나는 고제가 좋다든지, 홉 하지만 열대 과일 향이 나는 IPA가 좋다든지 하는 식으로. 그렇게 맥주를 미식 문화처럼 즐긴다는 사실을 축제에서 생생히 확인할 수 있었다.

그 많은 인파 속에서 지난 도쿄 페스티벌에서 만났던 노르웨이 친구들도 다시 만났다! 그들은 항상 일고여덟 명 무리를 지어 다니는데 주인장들을 다시 보고는 무척이나 반가워했고, 우리는 그들이 있는 테이블을 거점으로 삼아 계속 맥주를 가져와서 같이 나눠 마셨다. 맥주를 마시던 중 있었던 한 가지 웃긴 에피소드는 주인장 1과 노르웨이 친구 중 한 명인 잉그벨이 일 년 전 도쿄에서 만났을 때와 똑같은 옷차림이었다는 것이다. 아니 이런 우연이!

사람들 틈에서 놀란 눈으로 웃고 떠드는 것도 잠시, 주인장들은 일단 이미 알고 사랑하는 브루어리부터 공략하기로 했다. 옴니폴로, 투올은 말할 것도 없고, 미국 브루클린의 브루어리로 감각적인 라벨과 통통 튀는 맥주 맛이 신선한 그림까지 열심히 찾아다녔다. 사진에서만 봤던 창립자들도 만나니 행복했다. 여기저기 다니는 와중에 누군가 주인장들에게 말했다. 저쪽에 북한 맥주가 있다고. 어디? 정말 대동강 맥주였다. 북한에서 온 사람이 실제로 서빙을 하고 있었다. 북한 사람과 대화를 나눈 건 처음이었다. 신기했다. 사실 맛은 매우 가볍게 마시는 라거였지만, 북한 맥주를 덴마크 땅에서 보다니 인상 깊었다. 대동강 맥주가 어떻게 코펜하겐에? 나중에 들은 이야기인데, 미켈러를 만든 창업가인 미켈이 북한 평양에서 열리는 마라톤 대회에 참여했다가 대동강 맥주를 만나게 되었고, 거기서 맺은 인연으로 MBCC까지 초대를 했다고 한다. 와, 이건 정말 짱!

페스티벌에서 사람들을 만나서 이야기를 나누면 가장 좋은 점은 맥주 정보를 공유하고 다양한 브루어리의 맛에 대해 공부하고 새로운 시각을 가지게 된다는 점이다. 한국에 수입되는 브루어리들은 수입사들의 선택에 따라 정해지므로 한계가 있다. 하지만 여기에서는 새로운 트렌드를 보고 떠오르는 브루어리와 맥주 스타일을 알 수 있다. 이번 페스티벌의 화두는 '배럴 에이지드'였다. 맥주를 그냥 두는 것이 아니라 배럴(오크 통)에 숙성시켜 깊은 맛을 더하는 것이다. 축제 기간 내내 가장 줄이 길고 인기 있는 스타일이었다. 맥주 덕후 사이에 워낙 정보 공유가 활발히 이뤄지다 보니, MBCC를 운영하는 미켈러가 자체적으로 앱을 만들었다. 하지만 한 맥주 덕후인 개발자가 보다 쉽게 실시간으로 맥주를 마신 사람들끼리 평가를 공유할 수 있도록 앱을 만들었다. 맥주 정보 공유 플랫폼으로 유명한 '언탭드^{Untapped}'와도 연동이 되어서 활용도가 매우 높고 사용하기도 쉬웠다. 필요에 의해서 서비스는 생겨난다. 신기했다. 우리도 실시간으로 인기 있는 맥주들을 확인하고 드넓은 행사장을 발바닥에 땀이 나도록 뛰어다녔다.

축제 첫날 하루 종일 주인장들은 정말 최선을 다해서 여러 종류의 맥주를 마셨고, 라면으로 해장을 했다. 라면으로 해장하는 동안 설마 우리가 또 맥주를 마실까 했는데, 신기한 스타일과 라벨을 발견하고 흥분해서 그 자리에서 한 잔씩 주문해버렸다. 지칠 줄 모르는 주인장들의 호기심이란!

MBCC 둘째 날,
미션을 완수하다

    축제 둘째 날도 주인장들은 아침 10시가 되기 전부터 모인 사람 수에 압도되고 말았다. 주말이어서 그런지 어제보다 더 많은 사람들이 오픈도 훨씬 전에 모여 있었다. 이쯤 되면 맥주는 그냥 이 나라 사람들의 주식이 아닐까 하는 생각마저 들었다. 문이 열리자 정말 사람들이 미친 듯이 안으로 들어갔다. 하하핫. 주인장들보다 삼사십 센티미터는 키가 크고 덩치도 큰 북유럽 남자들이 대부분인 곳에서 우리는 거의 밀려 들어갔다.

    이날 주인장들에게는 아주 중요한 미션이 있었다. 우리가 좋아하는 사람들에게 세탁소옆집의 티셔츠를 선물하는 것이었다. 미켈러의 미켈, 옴니폴로의 헤노크가 우선순위였고, 그림과 대동강 브루어리 사람들에게도 주기로 했다. 열심히 눈에 불을 켜고 다닌 노력 끝에 우리의 미션은 성공적으로 완성되었다. 부디 우리를 기억해주기를! 옴니폴로의 창립자인 헤노크는 우리가 도쿄에서 만났던 것도 기억해주었고, 때마침 옴니폴로가 두 번째 숍인 '옴니폴로 플로럴'을 오픈했다며, 스톡홀름에 가면 꼭 가보라고 권했다.

다시 찾아간 대동강 맥주에는 대동강 라거 외에도 쌀로 만든 맥주가 있었는데 생각보다 맛이 독특하고 좋았다. 북한 아저씨는 이건 높은 기술이 필요하다고 자부심을 가지고 설명하며, 유쾌하게 말했다. "즐기시라우!"

페스티벌에서 여러 사람과 이야기하면서 알게 된 재미있는 사실. 이 맥주 페스티벌에는 노르웨이와 스웨덴에서 온 맥덕이 많다. 북유럽, 특히 스칸디나비아 나라들은 주세 때문에 술이 너무 비싸 많은 사람들이 상대적으로 맥주값이 저렴한 덴마크에 와서 마신다고 한다. 이렇게 좋은 브루어리들이 다 모인 맥주 페스티벌은 그들에게 가성비 좋게 술을 마실 기회라는 것이다.

주인장들은 처음 MBCC 티켓 가격을 알아봤을 때 삼사십만 원이라는 가격이 비싸다고 생각했다. 한국 맥주 페스티벌은 비싸야 몇만 원인데, 이렇게 고가의 페스티벌은 성공하기 힘들겠다고 생각했다. 티켓이 순식간에 매진된 것이 신기하면서도, 워낙 유명한 브루어리들을 만날 수 있기 때문이라고만 여겼다. 하지만 주변 국가의 정책 역시 페스티벌의 인기에 영향을 미쳤다는 사실을 알고 나니 놀라웠다. 현장에서 새로운 사람들을 만나서 친해지고 같이 즐기는 것이 좋은 점 중 하나는 이렇게 맥주 맛뿐 아니라 각 나라의 맥주 생태계에 대한 살아 있는 지식도 배운다는 것이다.

이틀 동안 네 개 세션을 하면서 주인장들은 나열할 수도 없을 만큼 많은 맥주를 마시며 죽는 줄 알았지만, 정말 지치지 않고 한 잔 한 잔 즐겁게 마셨다! 맥주를 좋아하는 사람이 이렇게 많다는 사실에 다시 한번 놀란 페스티벌! MBCC에 대한 주인장들의 소감을 요약하자면 이렇다.

'미켈러는 식음료 사업도 한다.'

'맥주는 서빙 온도가 중요하다. 페스티벌에서 마시는 맥주가 다 맛있는 이유!'

바이 바이 미켈러의 나라.

기다려라, 옴니폴로의 나라.

이쯤 되니 MBCC가 궁금해진
당신을 위하여

전 세계에서 사랑받고 인정받는 100개 이상의 브루어리를 한자리에서 만날 수 있다는 어마어마한 장점이 있다. 이틀 동안 운영되며 하루에 두 개씩, 총 네 개의 세션으로 이루어진다. 오전 세션은 오전 10시부터 오후 2시까지 진행하고 두 시간 휴식 후 (이 시간에 브루어리들은 다른 탭, 즉 다른 맥주로 교체) 다시 오후 4시부터 8시까지 진행된다.

따지고 보면 이틀 동안 100개 이상의 브루어리에서 세션마다 두 개씩 탭을 교체하니 800개 이상의 맥주를 마실 기회가 있는 것이다. 그렇기 때문에 전략적으로 움직여야 많이 잘마실 수 있다.

MBCC를 즐기는 팁!

- 우선 티켓 구매! 주인장이 한 삽질을 반복하고 싶지 않다면 미리미리 티켓을 구매하자.

- 그룹으로 움직이자. 가능하면 서너 명이 가서 자리를 하나 잡고 맥주를 착착 가져오자. 그러면 좀 더 효율적으로 조금씩 다양한 맥주를 마실 수 있다.

- MBCC 스페셜 맥주가 매년 나오는데, 이건 빨리빨리 사두자. 주인장들은 마지막에 여유를 부리다가 딱 한 개만 구매할 수 있었다. 아쉽다. 실은 속상해서 눈물 날 정도로.

- 행사장과 가까운 곳에 숙소를 정하자. 주인장들은 거리가 조금 멀어도 크고 깔끔한 숙소를 구했는데 왔다 갔다 하기가 쉽지 않았다. 가까우면 중간중간 짐도 가져다 둘 수 있고 세션 사이의 브레이크 시간에 낮잠도 잘 수 있으니 금상첨화! 내 간을 리셋하고 더 많이 마실 수 있다.

- MBCC에 온 브루어들, 축제를 방문한 사람들과 마구 친한 척 이야기를 나누자. 뭐라도 하나 더 배우고 듣고 얻어먹을 수 있다. 술 마시면 모두가 친구!

스웨덴,
사랑하는 옴니폴로를 만나러!

스웨덴! 기다리고 기다리던 옴니폴로에 드디어 가게 되었다. 도착하자마자 짐을 풀고 우리는 옴니폴로를 향했다. 옴니폴로는 스톡홀름에 두 개의 매장이 있는데 하나는 피자와 맥주를 파는 곳, 하나는 정말 오픈한 지 며칠 안 되는 아이스크림을 테마로 한 매장이었다. 헤노크가 우리에게 꼭 가보라고 권한 곳이기도 했다!

일단 우리는 전통의 첫 번째 매장으로 갔다. 옴니폴로만의 펑키함을 간직한 위트 넘치는 공간이었다. 5월인데 생각보다 북유럽은 추웠다. 그러다 보니 자연스럽게 스타우트와 같이 진한 맥주가 당겼다. 옴니폴로가 정말 다양한 스타우트, 포터를 보유한 이유를 자연스레 알 수 있었다.

저녁에는 역시나 미켈러 도장 깨기를 위해 미켈러 스톡홀름점으로 향했다. 도착하니 밖에 스웨덴어로 안내문이 하나 붙어 있고, 을씨년스러운 분위기가 어쩐지 문을 닫은 듯했다. 실망 끝에 바로 건너편 와인 바로 갔다. 가서 와인을 한 잔씩 시키고, 서빙해주는 직원에게 아까 찍은 안내문 사진을 보여주며, "미켈러에 가려고 했는데 문 닫았나봐요."라고 신세 한탄을 했다. 그러자 직원 왈, "그건 담배 피우지 말라는 말이에요". 가게는 열려 있다는 것이었다. 띠용. 하하하, 그에게 고맙다고 말하고 우리는 서둘러 와인 잔을 비운 후 미켈러로 향했다.

미켈러 스톡홀름점에는 자체 생산하며 로컬화된 메뉴가 많았다. 너무 맛있어서 반하지 않을 수가 없었다. 미켈러 주인장의 친절함은 또 어떻고. 생각보다 음식도 맛있었다. 맥주 덕분인지는 몰라도 스톡홀름에서 우리가 먹은 음식 중에 가히 최고랄까.

다음 날 우리는 헤노크가 추천했던 옴니폴로의 새로운 매장을 향해 갔다. 정원 안에 위치한 귀여운 분위기로 작은 가게였다. 스톡홀름의 공원에는 작은 아이스크림 가게가 많았는데, 옴니폴로도 아마 그래서 아이스크림 가게를 콘셉트로 잡은 듯싶었다. 음식도 맛있고 특히 거기서 먹었던 스타우트는 쌀쌀한 날씨에 달달하게 몸을 녹여주는 최고의 맛이었다. MBCT의 생초콜릿을 얹은 스타우트 다음으로 인생 2위 스타우트였다. 우리는 바로 한국의 수입사에게 같은 맥주를 주문하기로 했다.

맥주 유학을 하면서 나라마다 다양한 스타일의 맥주를 즐겨 마셨다. 확실히 스톡홀름은 날씨가 춥기 때문에 러시아인들이 보드카를 마시듯 다른 맥주보다 도수가 높은 스타우트로 몸을 녹이는 것 같았다. 한국에서는 스타우트를 즐기는 편이 아니었지만 주인장들 역시 스웨덴에서는 스타우트나 포터를 현지인처럼 즐겼다.

탈린,
뽀할라의 도시

　여행의 마지막 도시, 탈린. 최근 에스토니아는 스타트업들에게 매우 우호적인 정책을 펴서 유명해졌다. 주인장 둘에게는 그것보다 뽀할라 때문에 더 알려지긴 했지만. 에스토니아는 일단 날씨가 그냥 미쳤다. 탈린 하면 떠오르는 것이 정말 최고의 날씨다. 근데 그 날씨가 5월에는 밤 9시가 넘어도 좋다. 무엇을 해도 기분이 좋을 수밖에 없는 그런 최고의 날씨였다.

　뽀할라 브루어리는 미리 투어를 예약해서 방문했다. 브루어리는 예뻤고 잘 설계되었다. 가이드가 설명해주는데 주인장들처럼 뽀할라 브루어리 방문을 목적으로 탈린에 오는 사람들이 많다고 한다. 브루어리 투어에서 인상적인 것은 물론 잘 갖춰진 설비도 있지만 뽀할라에서 유명한 셀러 Cellar 시리즈인 배럴 에이지드 맥주를 만드는 과정을 직접 볼 수 있다는 점이었다. 병 주둥이를 봉인하기 위해 수작업으로 뽀할라 특유의 노란색 왁싱 캡을 입히는 모습도 인상적이었고, 수많은 배럴을 프랑스, 영국 등 다양한 나라에서 수입해서 맥주를 숙성하는 모습도 기억에 남는다. 이렇게 숙성된 맥주들은 최소 두 병은 사기를 권한다고 한다. 한 병은 바로 마시고 남은 한 병은 일 년 더 두고 마시면 좋다는 것이다. 시간이 지나면 숙성된 다른 맛을 경험할 수 있다고. 뽀할라를 한국에서 처음 접했을 때 왁싱 캡이 이뻐서 놀랐는데 일일이 수작업으로 만드는 것이라니, 더구나 제조 수량이 많지 않은 귀한 맥주를 먼 한국에서도 마실 수 있다니, 놀라운 것이 한둘이 아니었다.

브루어리 투어가 끝나고 옆에 있는 바에 맥주를 마시러 간 주인장들. 세탁소옆집 매장에서 많이 판매하는 뽀할라 맥주들을 직접 보니 흥분하지 않을 수 없었다. 정말 예전에 마셔봤던 뽀할라 맥주를 제외하고 거의 모든 맥주를 섭렵했다.

뽀할라 브루어리 펍의 안주 중에는 '김치 멜츠Kimchi Melts'

라는 샌드위치가 있었다. 이름만 봐서는 맛이 없을 듯했지만 투올의 펍에서도 본 것처럼 한국이 북유럽에서 좀 트렌드인가 싶어 호기심에 시켜봤다. 그런데 웬일! 정말 맛있었다. 심지어 한 개 더 시켜 먹었다. 더욱 신기했던 건 그곳의 셰프가 직접 김치를 담근다는 것이었다. 셰프는 에스토니아 사람인데 미국에 오래 살았고, 미국에서 한국 김치를 접한 후 맛에 반해 레시피를 배워 직접 만든다며, 우리에게 본인이 담근 김치를 나눠주기도 했다.

맛있는 맥주, 다양한 북유럽의 음식들을 배와 머리에 싣고, 이제 현실로 돌아가자.

국내에서도 계속되는
알콜 러닝

    역시 음식은 외식이지. '세탁소옆집을 열었으니 술은 우리 가게에서만 마실 거야.'라는 생각은 주인장들의 크나큰 착각이었다. 주인장들은 여전히 삽질을 두려워하지 않고 서두르지 않는 우리만의 슬로라이프, '술로라이프'를 즐기고 있다. 물론 시장조사라는 좋은 명목이 하나 더 생긴 셈이니 일석이조이다. 가게가 끝나고 혹은 가게를 닫는 날, 주인장들은 여전히 좋은 술집, 새로운 맥줏집을 찾아다닌다.

    최근, 아니 이삼 년 전부터 한국에는 점점 더 많은 소규모 브루어리, 혹은 로컬 브루어리가 생겨나고 있다. 아직 가보지는 못했지만 브랜딩이 맘에 들어서 팔로우하는 '안동 맥주'부터 엄청난 규모의 마케팅과 브랜딩으로 이제는 유명한 '제주 맥주'까지. 점점 다양한 브루어리들이 서울뿐 아니라 다른 지역에도 생겨난다.

처음 세탁소옆집을 열었던 해이니, 2017년이었다. 그때 지인이 제주 맥주라는 것도 있는데 팔면 좋겠다고 제안했다. 구미가 당겨 알아보았는데, 그때만 해도 제주 맥주는 제주도에서만 판매하고 육지로 상륙하지 않았다. 2018년부터 서울에서 판매 및 유통을 시작했다. 민트색의 산뜻한 느낌의 라벨로 사람들의 눈길을 사로잡았고, 엄청나게 통 큰 브랜딩과 마케팅(연남동 경의선 숲길 전체를 민트색으로 뒤덮었던 팝업 스토어)으로 제주 맥주의 인지도는 금세 높아졌다.

세탁소옆집도 궁금했다. 세탁소옆집 사람들과 '혼저옵세옆' 트립으로 제주도 여행을 기획했다. 2018년 10월 제주도로 떠나 제주 맥주를 방문했다. 세탁소옆집 사람들(아마 열한 명 정도였던 것 같다.) 모두 안전 조끼 같은 형광색 조끼를 맞춰 입고 갔다. 제주 맥주 투어에서 사람들은 웃으면서 우리들을 바라보았고, 세탁소옆집이 무엇인지 물어보았다. 투어를 진행해준 직원도 이렇게 단체로 옷을 맞춰 입고 온 팀은 처음이라며 유쾌해했다. 투어가 끝난 후 그분까지 같이 맥주 수다 플러스 술 수다를 잔뜩 떨며 친해졌고, 서울에 오면 세탁소옆집에 놀러 오라는 말을 남기고 헤어졌다. 한 가지 덧붙이자면 제주 맥주 본사는 서울에 있다는 놀라운 사실.

한두 달 지난 다음 제주 맥주 투어에 함께했던 직원은 약속을 지켰다. 서울에 와서 세탁소옆집에 방문했고, 같이 농담 반 진담 반 세탁소옆집과 제주 맥주 MOU를 맺고 즐거운 시간을 보냈다. 이 직원 덕분인지 얼마 후 제주 맥주 마케팅 직원들도 여러 번 우리 가게를 찾았다. 제주 맥주가 브루클린 브루어리 맥주의 유통을 한국에서 하고 있는데, 브루클린 브루어리의 한정판인 소라치 에이스 댓 병을 가게에 가져오는 등 맥주 정보도 교류하고 맥주도 교류했다.

서울에도 좋은 브루어리와 술 마실 곳이 많다. '서울 브루어리'는 새롭고 미니멀한 브랜딩으로 합정에 작은 양조장을 가지고 있고, 한남점도 있다. 주인장들은 세탁소옆집 금호점에서 가까운 한남점을 자주 간다. '서울 집시'는 종로의 한적한 한옥을 개조해서 힙한 공간을 꾸몄는데 가끔 서울 브루어리나 다른 브루어리와 컬래버레이션을 한다. 이곳역시 예술적인 느낌을 가지고 자신만의 맥주를 잘 만들어가고 있다. '스탠 서울'은 세탁소옆집이 사랑하는 많은 브루어리(그림, 뽀할라, 프레리 등)를 수입하는 맥주 수입사가 운영하는 펍이다. 북유럽 투어를 마치고 갔는데, 나오는 음식이 말 그대로 북유럽스러워서 다시 한번 반했다. 그런데 알고 보니 투올 브루어리에서 일했던 한국 요리사를 데려왔다고 한다. 오, 대박. 역시 맛있는 음식에 좋은 맥주가 있는 곳을 주인장들은 사랑하지 않을 수 없다.

세옆에서의 '술로라이프'

하지만 무엇이 되었든 세탁소옆집에서의 '술로라이프'는 우리의 알콜 지능을 진화시키는 데 가장 큰 역할을 담당한다. 세탁소옆집을 하지 않았으면 몰랐을 맥주들이 엄청 많다. 세탁소옆집을 연 첫 한 달 동안 우리는 한국에 수입되는 맥주는 다 마셔본 것 같다.

난생처음 보는 맥주들도 많았고, 다양한 크고 작은 수입사들이 있었다. 수도원 맥주를 주로 수입하는 유통사에서 직접 찾아와 수도원 맥주의 역사와 맛의 차이를 소개해주기도 했고, 대규모로 맥주를 유통하는 곳은 마케팅 수단으로 많은 사은품, 포스터 등을 주고 가기도 했다. 주인장들은 알콜 러닝과 손님에게 맥주를 당당하게 소개하기 위해 새로운 맥주가 들어오면 일단 뚜껑부터 깐다. 물론 사심과 호기심도 커서 까는 즉시 마셔본다. 항상 백 종류 이상의 맥주 라인업을 유지하니, 주인장들이 세탁소옆집을 오픈하고 지금까지 마셔본 맥주가 과장 좀 더하면 오백 종은 충분히 넘고 천 종을 향해 열심히 달려가는 중이다.

많고 많은 맥주를 먹다 보니 세탁소옆집의 취향이 생겼다. 물론 주인장 둘이 좋아하는 것이 백 퍼센트 일치하지는 않지만, 어느 정도 몇 곳의 브루어리는 공통 취향이라 확신했고, 그 브루어리에서 들어오는 것은 맛을 보지 않아도 주문한다. 세탁소옆집 주인장이 믿고 마시는, 또 추천하는 브루어리들이다.

- **미켈러**: 이미 여러 차례 등장해서 설명은 생략하겠다.
- **뽀할라**: 에스토니아에서 온 맥주다. 스펠링이 특이해서 처음 보면 어떻게 읽을지 고민하게 된다. 자신 있게 읽자. 뽀할라. 여기는 여러 가지 스타일의 맥주가 나오긴 하지만 오크 통에서 숙성한 셀러 시리즈가 유명하다. 진짜 독하고(11~12도) 진하다.
- **그림**: 미국 뉴욕에서 온 맥주다. 다양한 맥주 스타일이 나오는

데, 특히 얼그레이가 들어간 사워 맥주인 크리스탈 싱크[Crystal Sync], 깔끔하고 라벨이 예쁜 갤럭시 팝[Galaxy Pop] 등이 주인장들의 입맛을 사로잡았다. 한국에 많이 안 들어와서 아쉬움이 남는 맥주다.

- **옴니폴로**: 마찬가지로 여러 번 언급해 생략하겠다.
- **프레리**: 동생이 라벨을 디자인하고 형이 맥주를 만들며 시작한 미국의 소규모 브루어리이다. 스탠다드[Standard]라는 세종[Saison] 스타일 에일(페일 에일의 한 종류)이 청량감 있고 맛있다. 정말 독특한 맥주를 원한다면 매콤한 칠리 페퍼가 들어간 버스데이 밤[Birthday Bomb]을 추천한다.
- **벨칭 비버**[Belching Beaver]: 땅콩버터가 들어간 너무나 미국스러운 맥주를 만들어낸 브루어리다. 이 맥주는 '미쿡 생활 좀 했다.', 혹은 '난 달달한 것 러버다.' 하는 사람들에게 적극 추천한다. 그 외에도 많은 맥주가 있는데 역시나 소량씩 조금씩 들어와서 늘 아쉬울 뿐이다.

세탁소옆집을 하지 않았으면 몰랐을 맥주 페어링도 많다. 우선 날씨 페어링이다. 술 좀 마시다 보면 이 날씨에는 이 맥주지! 하는 감이 온다. 겨울이 온 걸 느끼지 못하다가 갑자기 온도가 뚝 떨어져서 날씨가 추워지면 진한 스타우트, 그것도 달달하고 10도 이상 되는 스타우트가 최고다. 왜 북유럽에서 이런 맥주를 많이 생산하는지 이유를 알 수 있다. 반면 날씨가 더워지거나 빡센 노동을 한 뒤에는 청량감이 있는 세종 에일 혹은 필스너 스타일이 좋다. 제주 맥주에서 나온 두 번째 맥주인 펠롱 에일도 딱이다.

두 번째는 음식 페어링이다. 세탁소옆집은 식당이 아니다. 그래서 음식을 팔지 않는다. 그러나 배가 고프면 다양한 음식을 시켜 먹는다. 먹다 보니 '이 음식에는 이 맥주다.'라는 유레카 순간이 종종 온다. 우리가 가장 놀란 것은 막창과 스타우트의 조합이다. 특히 벨칭 비버의 피넛버터 스타우트가 딱이었다. 같이 먹던 사람들 모두 다 같이 빠져버린 조합이다. 이렇게 우리의 알코홀릭 인텔리전스는 맥주를 더 행복하고 풍요롭게 즐길 수 있게 진화 중이다.

세탁소옆집을 하면서 발견한 술도 많다. 어느 날 수입사가 가게에 찾아와 꿀로 만든 술을 소개해주었다. '미드^{Mead}'라고 맥주는 아니고 꿀로 만든 술인데, 마침 가게에 같이 있던 (유럽에서 오래 살다 온) 손님이 원래 중세 시대에는 꿀로 술을 만들었다고 한마디 거들었다. 호기심 반 의심 반으로 술을 뜯어 같이 시음했다. 오! 생각보다 괜찮은데? 주인장들은 새로 들어오는 샘플 술을 같이 있는 손님들과 마셔보고 입고 여부를 결정하곤 하는데, 미드에 대해서도 다들 긍정적인 반응이었다. 주인장들 역시 꿀물 같긴 한데 미드만의 독특한 매력을 느껴 주문을 결정했다. 미드는 이후에 꽤 잘 팔렸다. 탄산감도 적당히 있어서 어떤 손님들은 샴페인 같다고 하기도 한다. 달달해서 머리를 혹은 몸을 많이 써서 당이 당길 때 마시면 딱이다. 지금은 세탁소옆집의 스테디셀러이다.

내추럴 와인은 세탁소옆집 한남점을 오픈하면서 열린 새로운 분야이다. 한남동은 독특한 와인들을 모아 판매하기로 하던 참에, 내추럴 와인을 알게 되었다. 이 와인은 유행한 지 이삼 년 정도 되었는데, 2019년 정점을 찍었다. 인스타그램 해시태그가 많아지고, 핫한 레스토랑이라는 곳에서 팔기 시작했다. 세탁소옆집도 트렌디함을 유지하기 위해 내추럴 와인을 리스트에 추가했고, 지인의 지인의 지인 등을 통해서 여러 수입사도 소개받았다. '내추럴 와인이 무엇인가요?'라고 하면 사실 백 퍼센트 완벽한 답을 해주는 사람은 없지만 대답의 공통분모를 모아 설명을 해보자면, 포도가 자라는 환경부터 만드는 순간까지 어떤 화학물질도 사용하지 않는 와인이다. 화학비료를 사용하지 않는 땅에서 포도를 기르고, 와인 발효 과정에서도 아무것도 첨가하지 않기 때문에 와인마다 나름의 독특한 향과 맛이 난다. 내추럴 와인은 소량으로 수입되는 경우가 많아서 유통 방식이 수제 맥주와 비슷하다. 수입사들도 소규모이고 수입량도 소량이다. 희귀하고 독특하고 자기 색깔이 강한 경우가 많다.

술은 마셔봐야 는다. 맞는 말이다. 여기에 한마디 덧붙이자면, 술도 아는 만큼 보이고, 배운 만큼 즐길 수 있다. 세탁소옆집을 통해 술에 대한 경험의 폭을 늘려서 우리 모두 있어 보이는 '술로라이프'를 즐길 수 있기를 응원한다.

출장 가서 즐기는 미니 맥주 투어들

주인장들은 출장을 종종 다닌다. 출장의 자유 시간과 짬을 활용하면 맥주 지식과 술 지식 향상에 큰 도움이 된다. 출장 가는 곳에서 자유 시간에 쇼핑을 하기보다는 그곳의 인기 있는 브루어리를 찾아서 가보는 재미는 매우 쏠쏠하다.

영국의 비버타운Beavertown 브루어리, 미국 뉴욕의 그림, 아더 하프Other Half, 브루클린 브루어리, 그리고 유명한 보틀숍인 밀크 앤드 홉스Milk&Hops, 싱가폴의 미켈러 바 등. 각 나라에서 유명하고 잘 알려진 그리고 한국에서 접하기 힘든 곳이다. 틈틈이 쌓이는 맥주 정보들로 알코홀릭 인텔리전스를 진화시키는 학습을 계속하고 있다.

Say Yup World

Part 6.

사이드 허슬,
해봐야 안다

한 번 사는 인생,
삽질과 쪽팔림을
두려워하지 말자!

— 세탁소옆집 주인장 2

삽질의 또 다른 이름,
'사이드 허슬'

고객님, 분산 투자하셔야 합니다.

인생이 어떻게 흘러갈지 아는 사람이 몇이나 될까? 지금 내가 가진 직업이 평생 갈 것이라고 생각하는 사람이 몇이나 있을까? 사실 우린 불확실성 속에서 확실함을 찾기 위해서 살아가는 것일 수도 있다. 뭘 하면 돈을 많이 벌까? 뭘 하면 행복할까? 뭘 하면 미래가 안정적일까? 불확실성과 확실성을 떠나 현실을 인지하는 방법을 찾고 싶었다. 내가 무엇을 할 수 있고 할 수 없는지, 나에게 필요한 건 무엇인지. 투자나 보험도 상담을 받으면 '고객님, 분산 투자하셔야 합니다.'라고 말하듯이 우리 인생에도 분산 투자가 필요하다.

지금 하는 회사 일도 즐겁고, 배우고 성장할 수 있지만 뭔가 우리 미래에 대한 투자가 필요했다. 백 세 인생이라고 하지 않는가. 하하하. 너무 오래 사는 건 두렵지만, 확실히 여든까지는 살 것 같기 때문에, 회사가 언제까지 나를 고용할지도 모르기 때문에(이런 생각은 회사를 다니는 누구나 해봤을 것이다.) 미래에 대한 투자가 필요하다고 생각했다.

　　하지만 월급을 받고 회사를 다니는 것과 순수하게 나의 사업을 하는 것은 큰 차이가 있다. 내가 모든 것을 결정할 수 있다는 것은 다르게 말하면 그만큼의 엄청난 책임감이 필요하다는 의미다. 그래서 우리가 택한 삽질은 바로 '사이드 허슬Side Hustle'이다. 사이드 허슬은 미국 스타트업의 성지인 실리콘밸리에서 사용되는 용어로, 회사를 다니면서 자기 개발을 하거나 혹은 자기가 관심 있는 분야의 일을 과외로 해보는 것이다. 한마디로 회사를 그만두고 퇴사 후에 하는 것이 아니라, 회사를 다니면서 퇴근 후의 시간을 활용해서 해보는 일을 말한다.

　　우리 역시 회사 외에 관심 있는 분야의 비즈니스에 우리의 시간을 백 퍼센트 올인하지 않고, 회사를 다니면서 사이드 허슬을 통해 충분히 경험하고 배울 수 있다고 생각했다. 미래에 대한 투자를 사이드 허슬 프로젝트를 통해 분산 투자하기로 한 것이다. 그리고 그 일이 과연 커리어의 궤도를 바꿀 정도의 가능성이 있을지 테스트해보고 싶었다.

- 수제 맥주는 확장성이 있는가, 특히 맥주 그리고 더 나아가서 주류 시장은 어떠한가.
- 주류 산업은 우리가 나머지 커리어의 십 년을 투자해서 배울 정도로 매력적인가.
- 이 직업을 택한다면 재정적으로 어느 정도 안정될 수 있는가.
- 그리고 내가 주류 관련 사업을 운영한다면 멘탈 관리를 충실히 할 수 있을 것인가.

우리는 지금도 테스트를 계속하고 있다. 굳이 퇴사하지 않고 퇴근 후의 시간을 쪼개서도 충분히 할 수 있다고 믿었다. 그래서 도전했다! 빨리 실행하고 경험하고 배우고 또 도전하자! 이게 바로 사이드 허슬을 시작하고 실천하는 데 가장 중요한 '그로스 마인드셋growth mindset!'

민민 시스터스가
일하는 방식

누구보다 카톡이 열일한다. 주인장들의 커뮤니케이션 방식은, 과장 조금 보태 팔십 퍼센트 이상이 카톡 아닐까 싶다. 카톡이 없었다면 세탁소옆집 업무가 불가능했을 것이다.

시작부터 그랬다. 어떤 인테리어를 하고 싶은지, 가게 이름은 뭐가 좋을지, 헛소리하다 생겨나는 창의적인 아이디어들이 실제로 사용된 경우가 엄청 많다.

주인장들은 전반적으로 업무를 분담한다. 가게 보는 일도 반반 나눠서 한다. 정기적으로 일어나는 일은 업무가 자연스럽게 나눠지게 되었다. 주인장 1은 맥주 및 주류 주문 관리, 티셔츠 등 제작, 콘텐츠 작업, 일부의 인스타그램 관리 그리고 주인장 2는 대부분의 인스타그램 운영, 디제잉 파티 진행, 세옆 관리 및 운영(세금, 결제, 월급 지급 등)을 담당한다. 그 외 프로젝트가 생기면 한 사람이 리드하고 다른 사람이 도움을 준다. 예를 들어 와디즈 펀딩에서도 그 안에 있는 부수적인 프로젝트들을 나눠서 진행한다. 맥주 제작, 스토리 구성을 한 명이 담당하면 한 명은 라벨 디자인, 사진 촬영 등을 맡는다.

각자의 회사 일로 출장을 가는 일도 꽤 있다. 또한 각자 회사 일이 정신없이 바빠지는 경우도 생긴다. 예를 들어 새로운 프로그램을 시작한다거나 외국 친구들이 와서 한국에서 많은 일이 생긴다거나. 다행히 두 주인장이 교대로 정신 줄을 놓는 상황들이 와서 그 시기에 조금 정신 줄을 잡은 사람이 다른 사람을 챙기면서 가게를 운영했다. 출장이 있으면 가기 전에 아르바이트를 구해서 일정을 짜두고, 갔다 오면 그동안 독박 육아를 한 주인장이 좀 쉴 수 있도록 해주는 식이다. 때문에 미리 출장 혹은 해외 여행 일정을 꼭 공유한다.

커뮤니케이션은 투명하게 유지한다. 본인만 들은 정보가 있다면 다른 사람에게 참고용으로 카톡에 공유해둔다. 이것은 혹시 생길 오해를 방지하고 놓치는 정보가 없도록 하

는 데 큰 역할을 한다. 카톡에 참고용 정보로 남겨두면 다음
에 찾기도 쉽다. 아무래도 회사 일까지 병행하다 보면 둘 다
정신이 안드로메다에 있는 경우가 적지 않다. 이럴 때 카톡
에서 과거의 정보를 검색하여 도움을 얻은 경우가 한두 번
이 아니다.

퇴사하지 않고도
가능한 이유

"어떻게 회사 일과 가게 운영을 같이 하세요?"

사람들이 이렇게 물어볼 때마다 하는 대답이 있다.

"충분히 가능해요. 부모들은 회사 일 하면서 육아도 하잖아요. 실제로 아기는 스물네 시간 챙겨야 하지만, 저희 아기(세탁소옆집)는 주 오 일, 하루 딱 다섯 시간만 봐주면 알아서 자거든요."

이렇게 설명하면 "아하." 하고 다들 이해한다.

처음 시작할 때부터 주 오 일, 하루 다섯 시간으로 정한 건 아니다. 주인장들도 영업 시간을 다양하게 테스트했다. 처음 육아를 하는 부모처럼 이 아이에게 어떤 학원이 필요한지, 아이가 뭘 얼마나 공부해야 똑똑해질지 등 많은 고민이 있었다. 특히 금호점 오픈 초에는 열정이 매우 매우 충만했다. 궁금했다. 어떤 손님들이 올지. 뚜껑을 열고, 그 결과를 설레는 마음으로 기다리는 시간이었다. 둘이 같이 가게를 보는 날도 많았고, 각자 가게를 본 날에는 이런 손님이 왔다, 저런 손님이 왔다, 손님이 와서 이런 말을 했다, 이런 것을 찾았다 등 일일이 공유했다. 모든 손님의 한마디 한마디에 반응했고 많은 것을 흡수하고 배워나갔다. 그 무렵에는 저녁 6시부터 밤 12시까지 일주일 내내 열었다. 심지어 주말에는 오후 3시에 열어보기도, 더 일찍 열어보기도 했다. 당연히 설과 같은 연휴에도 열었다. 왠지 동네 사람들이 낮술을 하러 올 것 같았다. 그들이 왔을 때 가게가 닫혀 있으면 안 된다고 생각했다. 긴 연휴에도 집에 있는 사람이 많으니 휴일에 나오는 손님을 놓치고 싶지 않았다.

　　다양한 시행착오와 테스트 끝에 나름의 데이터가 모였다. 술은 밤에 훨씬 많이 마시고, 굳이 저녁에 마실 술을 낮에 미리 사두는 부지런한 손님은 많지 않다. 나만 봐도 그렇다. 매우 진귀한 술이 아닌 이상 부지런히 미리 사두지 않는다. 설이나 추석 연휴에는 물론 손님이 왔다. 그런데 그 숫자는 평소 대비 훨씬 적었다.

결론이 나왔다. 우선, 시간대로 보았을 때는 저녁만 열어도 충분하다. 둘째, 연휴에는 쉬어도 된다. 셋째, 주인장들의 체력도 관리해야 한다. 우리는 단거리로 한두 달 하고 닫기로 했던 것이 아니었다. 그렇기 때문에 장거리를 뛰려면 적당한 휴식이 필요하다. 초창기에는 좋아서 계속 나갔고 사실 즐거워서 피곤하지도 않았으며 나가서 하나하나 배우고 손님들 만나는 것이 큰 자극이자 동기부여였다. 서로에게 부담을 주지도 않았다. 하지만 조금만 멀리 생각하면 둘이 모두 나가는 것은 전혀 효율적이지 않았다. 필요한 일이 있으면 하고 각자의 시간도 가지는 것이 필요했다. 그래서 손님이 가장 적은 일요일과 월요일을 쉬기로 했고 돌아가면서 가게에 나가기로 했다. 물론 처음부터 주 오 일로 단축하는 과감한 결정을 쿨하게 하지는 못했다. 매출 하나하나가 소중한 소심한 소상공인이기 때문이다. 우선 월요병 때문에 손님이 가장 적은 일요일부터 쉬기로 했고, 이후에 그다음으로 손님이 적은 월요일을 휴일로 정했다.

영업 시간을 적당히 관리한 덕분에 세탁소옆집 이 년이라는 장거리 마라톤을 촘촘하고 탄탄하게 운영할 수 있었고 운영해가고 있다.

체력은
소상공인들의 필수템

소상공인으로 작은 가게를 운영하려면 무엇보다 체력이 먼저다. 우리는 초반부터 약속했다. 각자의 체력은 알아서 지키기로. 그리고 그 시간은 서로가 보장해주고 존중하기로.

주인장들은 둘 다 짬을 내서 일주일에 두세 번은 꼭 운동을 한다. 세탁소옆집을 하지 않았다면, 아마 퇴근 후 술을 마시고 빈둥대면서 일주일을 보냈을지도 모른다. 하지만 정말 알차게 일주일을 쓰고 있다고 생각한다. 일, 월 휴무이고 오 일 중에 두세 번 정도 가게를 보러 나오는 일정으로 조절하기 때문에, 개인의 여유 시간과 본업 외의 시간을 활용해 자기만의 프로젝트를 시도하는 사이드 허슬이 조화롭게 균형을 이루는 것 같다.

　　주인장 1은 클라이밍과 요가를 메인으로 하며 종종 필라테스를 하고, 가끔 퍼스널 트레이닝, 달리기를 한다. 물론 하고 싶고 좋아한다고 잘한다는 뜻은 아닌 것을 아는 사람은 알 것이라 믿는다. 주인장 1은 어느 순간부터 운동이 좋아졌다. 그런데 도통 근육이 붙지 않는 체질이라 조금만 게을리 해도 근육은 내가 언제 너에게 존재했냐는 듯이 바로 사라진다. 운동은 정말 정직한 취미라고 생각한다. 내가 한 만큼 결과를 얻을 수 있으니까. 하지만 운동을 하지 않아도 근육이 남아 있으면 좋겠다는 생각을 가끔, 아니 자주 한다.

　　주인장 2는 필라테스를 꾸준히 오래 했고, 자주 골프를 치며, 종종 요가와 등산을 하고 아주 가끔 배드민턴을 한다. 일 년에 한 번 정도. 주인장 2는 정말 운동을 잘하게 생겨서 모두가 운동 능력자라고 생각하고 정말 그렇다. 한라산 등반에서 날아다녔던 추억이 있다.

　　가게를 하면서 덤으로 생기는 체력 관리 활동이 있다. 바로 맥주 재고 정리. 지나친 두뇌 활동 혹은 쓸데없는 소셜 미디어 활동에서 벗어나 정신을 단순하고 맑게 하고 싶다면? 맥주 박스 옮기기와 재고 정리가 매우 좋다. 빈 공간 활용을 위한 맥주 박스 테트리스는 특히나 주인장 둘의 건강한 신체와 맑은 정신을 만드는 데 도움이 된다.

　　서로가 좋아하는 운동을 하도록 서로의 운동 시간을 존중하면서, 또 심신을 맑게 해주는 맥주 재고 정리를 하면서 주인장들은 체력을 유지하고 있다. 이 년을 운영하면서도 다행히 아직까지 체력적인 한계를 느끼지는 못했다. 우리 모두 운동하고 건강하게 삽시다. 참고로 '세탁소옆집 체육부'는 상시 모집 중! 인스타그램으로 얼마든지 문의 바란다.

인생을 두 배로 즐겁게 하는
삽질의 매력

주인장 l 조윤민 대표 이야기

우리는 늘 누군가를 만나고 무언가를 나눈다. 별 의미 없어 보이는 수다를 떨며 하루의 사소한 일과를 공유하는 시간도 그런 과정에서 서로가 서로에게 영향을 주며 의미가 생기고 성장한다. 세탁소옆집 운영의 가장 큰 장점은 다양한 정보를 다양한 사람들로부터 듣는다는 점이다. 세상을 보는 시야가 넓어진다고나 할까. 그리고 무엇보다 가게가 없었으면 만나지 못했을 사람들, 인생에서 어쩌면 만날 기회가 없었던 사람들과도 세탁소옆집이라는 연결고리를 통해서 친분을 쌓을 수 있었다.

사실 처음 시작했을 때 농담처럼 말한 목표는 '한 달

일억 매출'이었다. 비즈니스로서 성공하는 것이 목표였다. 사람들과의 커뮤니티를 만드는 것이 중요하지만 이것이 이렇게 인생에 큰 의미가 될지는 몰랐다. 콘텐츠를 메인으로 해야겠다고 생각한 만큼 당연히 커뮤니티가 만들어지는 것이 필요했지만, 커뮤니티를 만드는 것이 목적은 아니었고 커뮤니티가 주는 힘은 생각하지도 못했다.

처음에는 회사에 비밀이어서 진짜 친한 업계 사람들에게만 알렸다. 세탁소옆집을 태그도 못하게 했다. 하지만 그들을 통해서 점점 업계에서 대체 '세탁소옆집이 뭐야?'라는 분위기가 생겨났고, 우연히 좋은 기회에 영어로 된 매거진에 세탁소옆집이 소개된 걸 계기로 회사의 모든 팀원이 알게 되었다. 결국 다시금 오픈하는 마음으로 아는 사람들을 다 불렀다. 지인의 지인의 지인의 지인의 지인의 지인들이 오면서 사람들이 모이는 공간이 되다 보니 우리만의 정체성이 생겨났다. 훌륭한 또라이들의 플랫폼.

감사하게도 신기하게도 세탁소옆집에 자주 오는 사람들은 정말 자신의 일을 잘하고 똑똑하고 훌륭한 사람들이 많다. 다만, 여기 오면 회사에서 잡고 있던 이성을 놓고 자신이 가진 똘기를 최대한 보여주면서 가감 없이 즐겁게 놀기 시작했고 덕분에 흥이 넘치는 공간이 되었다. 사람들에게는 모두 가진 흥이 있는데, 세탁소옆집은 그 흥을 극대화시켜주고 없던 흥도 끌어내주는 공간으로서 자리잡아갔다. 누군가는 고급진 B급 정서가 우리의 정체성이라고 한다.

더 중요한 것은 손님들 간의 돈독한 유대감이다. 일을 통해서 만나는 이해관계가 아니라 그냥 술 마시면서 흥이 좋아서, 서로의 에너지가 좋아서, 서로의 케미가 맞아서 친해진 관계는 사회에서 일로 만난 사이와는 감정적인 유대감의 수준이 다르다. 이렇게 생기는 네트워크는 어떤 것보다 중요하다.

각개전투 하는 빡센 인생에서 즐거움을 공유하면서 만나기에 독특한 전우애도 나눈다. 각자의 인생을 한 명 한 명 들여다보면 아무리 밝아 보여도 자신만의 고민이 있고, 어려움이 있다. 그렇게 빡세게 자신의 인생을 열심히 사는 사람들이 목적을 가진 집단인 회사가 아닌 곳에서 서로의 고민을 나누면서 공통 관심사를 찾게 되고 점점 전우애가 생기는 것 같다.

이 년 동안 정말 열심히 놀았다. 이렇게 나와 함께했던, 우리와 함께했던 세탁소옆집의 커뮤니티는 중독적이다.

치명적이다. 매력적이다. 그만둘 수 있을까.

주인장 2 김경민 대표 이야기

스타트업 생태계에 창업자가 아닌 투자를 하거나 도움을 주는 역할로 있다 보면, 창업이 하고 싶어질 때가 많다. 사실 축구 경기에서는 선수도 중요하지만 감독 그리고 팀을 서포트하는 이들의 노고와 노력으로 값진 승리를 할 때가 많다. 스타트업 생태계도 비슷하다. 유니콘 기업(일조 원 이상의 가치를 가진 스타트업)이 나오기까지는 투자자의 노력 그리고 성공하게 만들기 위한 주위 사람들의 추천과 실질적인 조언이 중요하다. 이런 생태계에 노출되어 있다 보면 스타트업이 잘되도록 조력해주는 역할도 의미가 있다는 걸 알지만, 가끔은 선수처럼 플레이를 하고 싶은 욕구와 아이디어가 스멀스멀 올라오면서 창업의 꿈을 가지게 된다.

하지만 스타트업의 실패 확률은 생각보다 높다. 유니콘 기업이 되는 확률만 보아도 일 퍼센트보다 낮으니 얼마나 성공률이 낮은가는 짐작할 만하다. 그래서 회사를 창업하고 실패해도 '낙오자' 혹은 '실패자'라고 생각하지 않는다. 다음 창업을 위해서 더 나은 배움을 얻었다고, 값진 경험을 얻었다고 생각한다. 이 부분이 다른 직업군과는 다른 점이라고 할 수 있겠다. 사실 성공한 스타트업 창업가들을 보아도 연쇄 창업가들이 많은 이유도 여기서 찾아볼 수 있다.

　　이런 생태계에 있다 보니 뭔가 일을 저질러도 가치 있을 거라는 생각, 많이 배울 것이라는 믿음이 바탕이 되어서 세탁소옆집을 시작한다고 했을 때는 실패하거나 망할 거라는 생각을 하지 않았다. 즐겁게 하고 싶은 거 다 하는 사이드 허슬을 하자고 했다.

　　재미있는 콘텐츠, 사람들과의 커뮤니티 등 다양한 활동을 하다 보니 일 년은 부족한 시간이었다. 그래서 일 년만 더 해보자, 했더니 어느새 이 년이 훌쩍 지나 삼 년차에 접어들었다. 주위 사람들은 우리를 보며 '여자 둘이 의기투합하다니 대단하다.' '퇴사를 준비하는 사람들에게 도움이 되겠다.' 등 이런저런 이야기들을 한다. 모두 맞는 말이다. 하지만 우리는 사람들이 이런 시각으로만 바라봐주기를 바라지 않는다. 여자이기 때문에 우리가 하는 일이 더 특별하다고 생각하지 않고, 여전히 회사 일도 열심히 하고 있다. (퇴사를 고려하고 있는 것은 더더욱 아니다.) 오히려 회사 밖에서 남는 시간을 이용해 주인장 각각이 개인의 발전을 위해 무언가를 시도하고 있다는 점에 주목해주면 좋겠다는 바람이 더 크다.

이 년 동안 우리는 크고 작게 성장했고 다양한 경험을 사람을 통해 얻었다. 세탁소옆집을 운영하지 않았다면 얻지 못할 값진 경험이다. 사이드 허슬을 한다고 했을 때 그냥 파트타임으로 돈을 버는 것이 아닌 미래 가치에 투자하는 것이라고 우리는 정의했다. 세탁소옆집을 운영하면서 회사라는 울타리 안에서 보호받고 생계를 보장받고 있다는 걸 많이 느꼈다. 힘들어서 퇴사를 할 수도 있고 이직을 할 수도 있지만 세탁소옆집을 하면서 돈 버는 게 쉽지 않다고 느꼈고, 나를 고용해주는 회사나 대표의 입장에서 생각해보는 경험이기도 했다.

특히 소상공인으로서 돈을 벌기는 정말 쉽지 않다. 수입이 생겨도 월세, 수도세, 전기세, 각종 세금 등을 내고 나면 남는 것이 없다. 소상공인들을 존경하게 되었다. 나에게 월급을 주는 회사가 있어서 다행이라는 생각도 들었고, 좀 더 독립적으로 세상을 알아가야겠다는 생각에 세탁소옆집을 통해서 얻는 경험들이 소중했다. 회사 밖은 어떻게 돌아가는지, 비즈니스는 어떻게 운영되어야 하는지, 꾸준하게 비즈니스를 이어갈 수 있는 방법이 있는지, 아니면 왜 비즈니스는 자주 망하는지 이것저것 궁금했다. 한국에서만 우물 안 개구리처럼 지내다가 세계 여행으로 눈을 뜬 느낌이랄까.

사업자등록증을 관할 세무서에 가서 내고, 개인 인감이 무엇인지도 몰라서 행정복지센터에서 헤매던 일. 회계사에게 전화해서 5월 종합소득세 및 각종 세금을 처리한 일, 처음 은행에 가서 계좌를 만든다고 했을 때 신용이 없어서 잘 만들어주지 않으려고 했던 일, 부동산과 계약을 마치고 계약금을 입금했던 일, 각종 계약서를 작성하면서 진행했던 일. 작은 일이었지만 그 전에 해본 일도 아니었고 누군가 자세히 가르쳐준 일도 아닌 일을 주인장 1과 둘이 해나가고 있을 때 나는 이미 회사의 울타리 안에서 많은 것을 누리고 있다고 생각했다.

세탁소옆집의 경험과 회사에서 쌓아가는 커리어가 조화를 이룬다면 우리는 성장하고 배우고 지금 내가 있는 곳에서 다른 사람들이 느끼지 못했던 감사함을 더 자주 느낄 것이다. 세상만사 계획처럼 돌아가지 않는 건 알았지만 생각지 못했던 문제를 창의적이고 다양한 방식으로 해결하는 경험은 더더욱 감사한 덤일 테고.

사이드 허슬,
우리 인생에서 필요한가?

주인장 1 조윤민 대표 이야기

"루트 파인딩은 하고 가야죠!"

클라이밍장에서 선생님이 내게 늘 외친다. 하지만 나는 그냥 가서 벽에 붙어버린다. 하하. 흔하게 일어나는 장면이다. (잠깐 팁! 실내 클라이밍을 해보지 않은 사람을 위해서 간단히 설명하면 실내 클라이밍인 볼더링은 흡사 게임과 같다. 같은 색상의 홀드를 잡고 디디면서 출발점에서 끝까지 루트를 찾아 가면 미션 클리어! 이렇게 루트를 찾아내는 것을 루트 파인딩route finding이라고 한다.)

아무리 앉아서 머리로 시뮬레이션을 하려 해도 절대 불가능하다. 내 손을 어디까지 뻗을 수 있는지, 내 유연성이 얼마나 되는지, 내 힘이 얼마나 센지, 알 수가 없다. 내 몸이지만 나도 모르는 내 몸. 내 몸이지만 그 상황에서 내 몸이 무슨 짓을 할지 내가 전혀 모른다. 그냥 일단 붙어보면 내 손을 어디로 뻗을 수 있고, 어떻게 내 몸이 움직이고, 내가 얼마나 유연하게 동작을 할 수 있는지, 내 근력이 어디까지인지 알게 된다. 운이 좋으면 한 번에 성공한다. 운이 좋지 않으면? 그냥 떨어지면 된다.

그리고 그때부터 앉아서 (아주 약간은) 진지하게 무엇이 잘못되었는지, 어떻게 자세를 수정하고 동작을 바꾸면 가능할지 고민한다. 이때에야 실질적인 고민이 가능해진다. 다른 사람들이 하는 것을 보는 것만으로 알 수 있을 때도 있다. '저기서 손을 조금 더 안쪽으로 옮겨야 하는구나. 왼발부터 뻗었어야 하는구나. 몸의 무게중심을 좀 더 오른쪽으로 훅 옮겼어야 하네.' 방법을 찾았다 싶으면 다시 시도한다. 그 과정은 매우 즐겁다. 이런저런 고민을 하고 또 실제로 실행을 하면 이렇게까지 다양한 몸 개그가 가능한가 싶을 정도로 전혀 생각하지 못한 황당한 곳에서 떨어지기도 하고 어떨 때는 아예 시작도 못한다.

어쩐지 우리의 세탁소옆집 운영과 많이 닮았다. 일단 생각이 들면 하고 보자. 붙어봐야 안다. 아무리 고민해도 답은 나오지 않는 경우가 많다. 이야기를 나누고 '그래! 해보자.' 싶으면 완벽하지 않아도 일단 실행하고 본다.

유유상종. 끼리끼리 논다고 하지 않나. 클라이밍 크루들도 나와 비슷하다. 해봐야 알지. 세탁소옆집을 할 때도 마찬가지였다. 운명적인 사업 파트너인 주인장 2도 나와 비슷하다. 그래! 오케이! 가자!

우리는 인생에서 사업에서 일상의 작은 어떤 것에서도 실행을 통해 많이 배운다. 운이 좋으면 한 번에 잘될 수도 있겠지만, 설령 기대와 다른 결과가 나와도 우리는 같이 고민하고 더 나은 것을 생각해내서 문제를 해결하려고 한다. 해보지 않으면 아무것도 배우지 못한다. 다행히 우리는 이런저런 삽질을 하는 그 순간순간이 너무 즐겁다. 클라이밍장에서 우리는 서로를 비웃으면서 몸 개그를 즐긴다. 실수를 하는 것도 너무 웃기기 때문이다. 세탁소옆집에서 이루어지는 다양한 시도들을 하면서도 우리는 구십 퍼센트 이상의 시간을 큭큭큭 웃으면서 보낸다. 유치하고 웃겨야 한다. 모든 것이 진지해지는 순간 행복은 사라진다. (연애도 마찬가지라 생각한다. 같이 킥킥대고 웃어야 한다. 서로의 관계가 진지해지는 순간 연애는 마지막을 향해 가는 중이다.) 어찌 되었든 우리의 사이드 허슬인 세탁소옆집의 루트 파인딩은 계속된다!

이렇게 막가파인 데다 생각 없이 일단 시작하고 싶은 나는 이렇게 말하겠다. 사이드 허슬, 하고 싶다면 일단 해보자. 붙어보고 될 일인지 아닌지 결정하자. 단순하다. 마음의 소리에 집중하자. 하고 싶은 일을 뒤로 미루는 것만큼 우리의 시간을 허투루 보내는 일은 없는 것이다. 도전하세옆.

주인장 2 김경민 대표 이야기

사실 사이드 허슬이라는 단어는 내게 매우 생소했다. 주인장 1과 샌프란시스코 출장이 겹쳐서 포틀랜드로 여행을 간 적이 있는데 주인장 1의 옛 구글 동료가 함께했다. 샌프란시스코로 거점을 옮긴 후 한 번의 창업 실패, 임신, 그리고 HR 경력을 살려 해외 취업 관련 콘텐츠 플랫폼을 막 시작한 분이었다. 그분이 실리콘밸리에서는 사이드 허슬을 시도하는 사람들이 많다고 알려주었는데, 사이드 허슬이라는 말을 그때 처음 들었다. 사이드 허슬은 사이드 잡이 아니라 본인의 가치 추구나 성장을 위해서 본업 이외에 하는 활동을 일컫는다고 했다. 우리 모두 그때는 그냥 흘려들었는데, 미래는 알 수 없는 것이다.

인생이 답답하고 재미없다고 느껴지는 순간은 내가 성장하고 있지 않을 때다. 꿈과 현실의 거리가 멀게 느껴질 때 답답하다고 느낀다. 세상에 성공한 사람은 많은데 나는 왜 이러나 자괴감 드는 경험은 누구나 해봤을 것이다. 사이드 허슬은 세상에 나를 더 오픈하는 느낌이다. 지금까지 부모님이나 회사 상사 같은 주변 사람들로부터 얻은 조언을 바탕으로 살아왔다면, 사이드 허슬은 그냥 가서 뛰어보는 것이다. 뛰면서 벌판인지 바다인지 숲인지 알게 되고, 거기에 맞게 살아가는 집도 짓고, 상황이 닿으면 사람들도 만나고, 의도하지 않았던 좋은 만남을 통해 내 삶이 조금 더 풍요로워지는 자극을 경험하는 것, 그게 사이드 허슬 같다.

인생이란 어디로 어떻게 흘러가는지 아무도 알 수 없지만, 내가 지금까지 느낀 한 가지는 맞는 것 같다. 사람이 중요하다. 내가 지금 대화하는 사람, 친구들, 동료들의 영향을 받으며 내 삶이라는 퍼즐이 커지면서 내가 보고 느끼는 범위가 넓어진다는 것. 결국엔 사람을 통해 기회가 들어온다는 것. 기회를 사업적으로 활용하고 잘되도록 하는 건 나의 능력이라는 것. 사이드 허슬은 이런 기회를 만들고 서로에게 좋은 자극을 원하는 사람에게 필요하다.

사이드 허슬,
무엇이든 물어보세요

주인장들은 외부 행사를 많이 하는 편은 아니지만 강연에서나 손님들로부터 자주 받은 질문을 구성해보았다.

Q. **사이드 허슬에 얼마큼 시간을 투자하시나욯? 삶의 질은 어떤가욯?**

A. 각자 일주일에 이삼 일 정도를 가게에서 보내요. 세옆에 가지 않을 때는 회식을 하거나 야근을 하거나 친구를 만나요. 그래서 생활의 질이 생각하는 것만큼 나쁘지 않아요. 주말에는 놀아요. 일요일, 월요일은 쉬니까 밀린 청소와 빨래도 하고 사람들도 만나면서 평소처럼 지내요.

Q. 사이드 허슬을 하면서 어떤 점이 어려웠고 위기였나옆?

A. 평소 시간을 효율적으로 사용하기 위해서 굉장히 노력해요. 예를 들어 주어진 시간이 한 시간이라면 그 시간 안에 정리해야 하는 사항들, 맥주 재고 관리, 청소, 손님 관리, 그 외에 전기세 납부, 관리비 납부 등등 다양한 잡일을 집중적으로 마무리 지어야 한다는 점이 어려워요! 가끔 급하게 회사 일이 생겨 알바를 찾아야 할 때도 있고, 생각지도 못하게 갑자기 가게 문이 안 열린다든가(열쇠도 닳는 품목) 하는 일이 40도의 폭염에 생기기도 해옆. 파티 할 때 경찰이 오기도 하고! 생각해보니 어려운 점은 있지만 또 까먹고 하하 호호 긍정적으로 이겨내고 있네옆.

Q. 수입은 어떤가옆?

A. 소상공인에게 수입이란 노력과 비례합니다. 저희가 이벤트나 가게에 사람들이 많이 모일 수 있는 액티비티를 많이 하면 그달에 매출이 높고요. 출장이 많아서 이벤트나 홍보를 적극적으로 하지 않는 달은 매출이 상대적으로 낮아요. 수익은 다시 마케팅이나 이벤트에 투자하기도 하고 세옆 맥주를 만들 때도 재투자했어옆!

Q. 동기부여는 어떻게 하시나욮?

A. 동기부여는 세욮 커뮤니티 분들이에요. 항상 헛소리로
아이디어를 주시고 저희가 하는 일을 적극적으로 홍보해
주세욮. 시간이 지나면서 다른 동기부여가 생겨요. 처음
엔 가게를 잘 세팅하는 것 그다음엔 인스타그램으로 홍
보하는 것과 다양한 이벤트와 파티. 그리고 이 년 차에는
세욮 맥주를 만들고 그다음엔 책을 쓰고 싶다고 동기부
여를 받았는데 지금 쓰고 있네요. 주인장들도 다음 동기
부여가 무엇일지 궁금해욮. 다양한 곳에서 다양한 사람
들에게 동기부여를 받는 것 같아욮!

Q. 동업, 할 만한가욮? 둘이 안 싸우나요?

A. 주인장 1의 답변
'동업'은 비단 비즈니스뿐만 아니라, 제 개인사에 있어
서도 무척 중요한 사건이에요. 제 신조 중에 하나가 '동
업은 하지 말자'였지만, 이제 과거형이 됐거든요. 친구
나 지인 사이에 무엇을 같이 할 경우 명확한 상하 관계
가 없다면 오히려 그것으로 다툼이 생기고 오해가 생기
고 감정이 상할 것이라 생각했어요. 그런 내가 동업을 해

버렸다니! 세탁소옆집 운영은 그래서 매우 신기한 뜻밖의 경험이에요. 주인장 2인 경민 님과 안 지 정말 오래되었고, 밝은 환경에서 자신에 대한 믿음을 가지며 행복하게 살아온 사람이라는 생각을 갖고 있었어요. 세탁소옆집을 하면서 보다 폭넓게 서로의 모습을 알게 되면서 서로에 대한 이해의 폭도 좀 더 넓어졌다는 생각도 들었죠. 우리가 지금껏 좋은 관계로 싸우지 않고 같이할 수 있었던 이유는 결국 두 가지라 생각해요. 일하는 스타일과 기본적인 믿음. 우선 결정하면 바로 실천에 옮기는 실행력. 둘 다 무엇이든 결정하면 'Let's get shit done!(닥치고 하자!)'의 자세가 된달까요?

두 번째는 신뢰, 서로를 믿는 것이 중요했어요. 물론 가끔 같은 생각일 줄 알았는데 전혀 아닌 경우가 있어 서로 당황하는 일도 있죠. 당연한 일이에요. 하지만 중요한 것은 다른 의견이라 해도 그게 궁극적으로 같은 목적을 향한다는 것, 굳이 서로 해하는 방향으로는 가지 않으리라는 믿음이 기본적으로 존재합니다. 이것을 가능하게 해준 주인장 2 경민 님에게 고마운 마음이 큰 이유기도 해요. 동업. 쉽다면 쉽지만, 어렵다면 어려운 일이에

요. 낯간지럽지만 아직까지는 괜찮게 해오고 있는 것 같
아옆!

A. 주인장 2의 답변

세탁소옆집을 오픈하고 지난 이 년간 서로 열심히 돕지
않았다면 운영하는 게 절대 불가능했어요! 회사 일 때문
에 정신없이 바쁜 시기가 있기도 마련인데, 하필 와디즈
맥주 론칭을 할 때 그런 일이 닥쳤거든요. 그때 주인장 1
윤민 님이 없었다면 절대 버티지 못했을 거예요. 펀딩을
앞두고 이런저런 준비 작업 때문에 정신없었는데 삽질을
마다하지 않는 주인장 1의 장인정신과 실행력 덕분에 저
는 자료를 취합하고 서포트하면서 그 힘든 기간을 넘길
수 있었어요.

겉으로 보기에는 맥주 슈퍼를 두 군데나 운영하고 재미
있는 콘텐츠와 파티를 운영하니까 항상 재미있을 것이라
고 생각할 수도 있어요. 하지만 엄청 지루한 날도 있고
자잘하게 해야 하는 일도 엄청 많아요. 육아와 비슷하다
고 생각하는 것도 이런 이유 때문이에요. 엄마 아빠가 아
이 사진을 보며 직장의 힘든 순간을 버텨내는 것처럼, 과
정은 힘들지만 나와 세탁소옆집이 함께 성장하는 그런

가슴 뭉클한 느낌이 들거든요.

세탁소옆집은 주인장 1과 주인장 2가 고루 필요한 아이예요. 아이가 어떻게 자랐으면 좋겠는지 고민해야 하는 부모의 마음처럼 어디선가 좋은 아이디어를 얻으면 세탁소옆집 생각이 먼저 나요. 어떻게 적용하면 좋을지 어떻게 더 잘할 수 있을지 고민하거든요! 잘 맞는 파트너의 존재가 든든할 수밖에 없어옆!

우리의 삽질은 계속된다

주인장 I 조윤민 대표 이야기

우리에게는, 그리고 우리 삶에는 이벤트가 필요하다. 같은 것이 반복되면 모두가 어느 순간 무뎌지고 지겨워지게 마련이다. 회사도 그렇고 연애도 그렇고 가족 간의 관계도 그렇다. 이벤트는 삶에 즐거움을 주고, 새로운 동기부여를 제공하면서 활력을 준다. 반드시 대단한 이벤트일 필요는 없다. 회사 내에서 새로운 프로젝트를 하는 작은 변화일 수도 있고, 다른 팀으로 옮기는 조금 큰 변화일 수도 있다. 연인과 같이 무언가를 배울 수도 있고, 결혼이라는 큰 이벤트를 통해 새로운 관계를 시작하게 될 수도 있다. 세탁소옆집도 마찬가지다. 세탁소옆집이라는 즐거운 삽질도 계속 이어가기 위해서는 원동력이 필요하고, 이벤트가 필요하다.

2017년 10월 세탁소옆집을 무작정 오픈했다.

2018년 세탁소옆집의 커뮤니티가 생겼고, 콘텐츠가 있는 공간으로 자리잡아 갔다. 폴인을 통해서 지난 일 년을 되돌아보고 세탁소옆집을 알리는 좋은 기회를 가졌다.

2019년 우리가 기대하고 고대하던 미션이었던 세탁소옆집의 1호 맥주를 만들었고 성공적으로 런칭했다. 그리고 한남동 2호점을 오픈하며 확장했다.

2020년 우리를 기다리는 이벤트는 무엇일까? 우선 이 책의 발간이 가장 하이라이트가 될 것이다. 동시에 비즈니스로서의 세탁소옆집의 성장에 대한 결정을 내보려 한다. 또 다른 맥주 2호의 런칭일지, 세탁소옆집의 힙한 문화를 이용한 새로운 비즈니스일지 답을 찾아가는 중이다. 한 가지 확실한 것은 2020년이 우리 세탁소옆집의 미래를 결정하는 한 해가 되리라는 것이다. 개봉박두 두둥.

주인장 2 김경민 대표 이야기

'신기한 AI 맥주' 완판 이후 와디즈에서 앵콜을 진행하자고 연락이 왔다. 우리 또한 우리가 만든 맥주가 지속적으로 사랑을 받는다니 기분이 좋아서 바로 진행을 결정했다. 와일드 웨이브에 연락해 브루어리 일정을 파악했는데 내년 에나 가능하다고 해 기다리기로 했다. 그런데 역시 인생은 타이밍이라고 하지 않았던가. 얼마 후 와디즈로부터 오프라 인 교환권으로 판매하는 것조차 더 이상 불가능하게 되었다 는 연락을 받았다. 정말 속상했다. 왜 왜 왜! 수제 맥주, 특히 작은 규모 브루어리들에 대해서만 예외를 두는 것은 어려울 까? 대기업에서 싸고 저렴하게 만드는 맥주는 배송이 안 되 어도 유통 규모가 크기 때문에 전혀 비즈니스에 영향을 받 지 않을 것이다. 하지만 소규모로 운영하는 브루어리의 경 우는 배송이 가능하게 하여 펍이 아닌 집이나 다른 곳에서 맛볼 수 있게 한다면 좋지 않은가. 어쨌든 아쉽게도 와디즈 앵콜 펀딩은 무산되었다.

사실 오프라인 비즈니스에는 한계가 있다. 모든 일에 는 장단점이 있지만 소규모 맥주 비즈니스의 경우에는 많은 사람들에게 알리는 것이 중요하기 때문에, 앞으로는 다양한 온라인 경로를 통해 세탁소옆집을 알리고 싶다. 지금 고민 중인 꿀 맥주의 경우 한국 전통 꿀로 만들면 온라인으로 판 매가 가능할지도 모른다. (또 법이 바뀌려나.) 오늘도 세탁소

옆집의 색깔을 살린 다양한 알콜 음료를 사람들이 재미있게
소비할 방법을 찾기 위해 삽질을 계속해본다!

[TMI]

모두가 알고 싶은 세탁소옆집의 역사

2017.9	세옆 결의 in 여수
2017.10 언젠가 (정식 오픈일은 아무도 모름)	세탁소옆집의 탄생!
2017.12.01	역사적인 런드리 나잇 시작 디제이 트로이의 전설적 데뷔 무대!
2017.12.17	제1회 금리단길 플리 마켓 개최
2018.2	세탁소옆집X9oods 컬래버레이션
2018.4월일 것 같음	세탁소옆집 첫 스포츠 패션 라인업 론칭
2018.6.7	런드리 데이 vol.1 — 갈 곳 없는 낮맥러들 포용 전략
2018.8.17	세옆 문화센터 개강: 세탁소옆집 콤부차 1차 생산 시작!
2018.8.19-20	세탁소옆집 양양 서핑 원정대!
2018.9월쯤	요시의 운명적인 줌바 접신
2018.9	미켈러 비어 셀리브레이션: 미켈러 및 옴니폴로 만남!
2018.10	혼저옵세옆 제주도 원정대!
2018.10 언젠가	세탁소옆집 1주년
2018.11	세옆 공식 포즈(a.k.a. 장나 포즈) 탄생, 요시의 줌바 강사 자격 획득
2018.12.31	알베르토 알프레도 금호동 상륙
2019.3	제1회 세탁소옆집 전략 워크숍 개최!
2019.6	한남점 오픈
2019.9	와디즈 펀딩
2019.10	2주년 파티
2019.12	한남점 세옆 연말 파티

말하면 다 현실이 되는
세탁소옆집

1판 1쇄 인쇄 2020년 6월 29일
1판 1쇄 발행 2020년 7월 6일

지은이 조윤민, 김경민
펴낸이 김영곤
펴낸곳 (주)북이십일 아르테

책임편집 이지혜 인수
문학마케팅팀 배한진 정유진
영업본부 이사 안형태 **영업본부장** 한충희
문학영업팀 김한성 이광호
제작팀 이영민 권경민

출판등록 2000년 5월 6일 제406-2003-061호
주소 (10881) 경기도 파주시 회동길 201(문발동)
대표전화 031-955-2100 **팩스** 031-955-2151

ISBN 978-89-509-8678-0 / 03810
아르테는 (주)북이십일의 문학 브랜드입니다.

(주)북이십일 경계를 허무는 콘텐츠 리더

21세기북스 채널에서 도서 정보와 다양한 영상자료, 이벤트를 만나세요!
네이버오디오클립/팟캐스트 [클래식클라우드] 김태훈의 책보다 여행
페이스북 facebook.com/21arte   홈페이지 arte.book21.com
인스타그램 instagram.com/21_arte   포스트 post.naver.com/staubin